D1392785

MAUVAISE FILLE

Paru dans Le Livre de Poche :

RIEN DE GRAVE

JUSTINE LÉVY

Mauvaise fille

ROMAN

STOCK

1

Elle croit que je suis sa mère. Ça me fait peur, cette confiance qu'elle met en moi. C'est pas normal, je me dis. Elle le croit vraiment, que je suis sa mère. Elle ne sait pas que je suis cinglée, mauvaise, une catastrophe ambulante, un bloc de culpabilité, une punition. Je peux faire ce qui me chante, la mal aimer, la mal élever, la maltraiter même si je veux, je peux jeter ses doudous, la gifler, la gronder sans raison, faire la sourde oreille quand elle pleure, oublier l'heure du biberon, la changer ou ne pas la changer, elle m'aimera pareil, elle n'a pas le choix, elle m'aimera. Non, mon petit amour, mon petit ange, pardon mon bébé, pardon, mais c'est fou cette foi que tu as en moi, il ne faut pas, c'est dangereux, c'est comme ça que je l'ai aimée moi aussi, j'ai cru comme toi que maman était ma maman, qu'il suffisait d'être mère pour être une maman, j'aimerais tant que tu comprennes, je voudrais tant pouvoir te dire.

D'ailleurs, comment sait-elle ? Je ne suis même pas si souvent avec elle. Il y a la nounou, son papa, la mère de son papa, et moi bien sûr, mais maladroite, précautionneuse, presque timide, ma fille m'impressionne, elle me fixe, j'ai envie de mettre des lunettes noires quand je m'en occupe, elle a l'air si sérieux, elle me juge, je dois suinter la peur, la peur et la mère en même temps, c'est sûrement une question d'odeur, je change pourtant de parfum tous les jours, aucun ne me plaît, aucun ne me va, je transpire, ça doit être hormonal, un sale mélange d'hormones et de peur, je cocotte à mort, et elle sent pourtant que je suis sa mère, elle l'enfant, moi la mère, elle ne sourit pas quand elle me voit mais elle pleure quand je m'en vais, n'est-ce pas un peu notre histoire maman et moi ?

Après deux semaines de papa papa, j'étais découragée, jalouse, j'en voulais à la terre entière, je n'en pouvais plus – et puis un matin c'est venu, ma fille m'a dit maman, et c'était comme une caresse, un miracle, Maman n'est pas morte pour rien je me suis dit. Maman gagne toujours à la fin.

Aurais-je osé être une bonne mère devant maman ? Aurais-je pu lui faire cet affront ? Ou est-ce que j'aurais fait semblant, devant elle, d'être imprudente, gauche, logée à la même enseigne, m'appliquant à faire aussi mal qu'elle, comme quand j'ai eu quinze ans, que j'ai grandi et que j'ai commencé à me voûter pour ne pas énerver les amies de papa ? Peut-être que, pour ne pas lui faire de peine, je me serais appliquée, moi aussi, à lui faire couler des bains glacés, à l'habiller tout en noir, à lui donner du saucisson à trois mois et puis, deux ans plus tard, à l'envoyer à la crèche toute seule, comme une grande, débrouille-toi.

Et puis, est-ce que j'aurais pu la lui confier ? Pour une soirée ? Une semaine ? Des vacances ? Est-ce qu'elle m'aurait bluffée en étant plus raisonnable qu'avec moi, plus organisée, plus constante ? Peut-être que j'aurais été jalouse. Cet amour qu'elle ne m'a pas donné et qu'elle aurait gardé, intact, pour elle.

2

C'est une surprise. Pablo ne sait rien, personne ne sait rien, j'ai tenu ma langue et j'ai annulé en douce tous ses rendez-vous. C'est la première fois que je fais ça. La première fois que je fouille dans ses affaires, son agenda, son téléphone. J'ai un peu honte. J'ai surtout peur. C'est toujours dans ces moments qu'on découvre des trucs atroces, une maîtresse, un enfant caché, un vice. Je ne découvre rien, heureusement. Mais je fais attention à ne pas déborder. Je me fixe sur les trois jours du voyage, pas un de plus, pas un de moins : une interview promo pour la sortie de son dernier film, un déjeuner avec son agent pour parler de son projet sur Pierre Goldman, un autre avec un pote. En appelant pour décommander, je tremble encore : et si ce n'était pas un pote, et si c'était une fille rencontrée sur un film, mon cœur bat la chamade, c'est une abomination la jalousie, ça salit tout, ça rend débile, on ne m'y reprendra plus à faire des surprises.

Après, j'attends qu'il s'endorme et je prépare consciencieusement une liste pour ma valise, dessous sexy, chaussures à talons, biscuits bio, papier d'Arménie, livres qu'on pourra lire à deux, vitamines en cas de coup de pompe, j'ai envie que ce soit réussi, parfait, plus que parfait, je veux qu'il comprenne combien je l'aime, combien je tiens à lui, qu'il y a une autre Louise que la Louise impossible qui lui fait une vie d'enfer quand elle part en vrille et en déprime.

Le matin du départ c'est moi qui le réveille. C'est la première fois, là aussi. Bon anniversaire mon amour prépare ton sac on s'en va. D'habitude c'est lui qui se lève avant moi, qui nous mitonne un bon petit déj, je ne sais même pas faire le café, je ne sais pas comment ni où mettre le filtre, l'eau, la poudre, ça doit pas être sorcier, mais il aurait fallu que je m'entraîne, alors dans le taxi il est encore tout endormi, hirsute, barbu, il me regarde de biais, ahuri mais heureux, son téléphone n'arrête pas de sonner, bon anniversaire lui disent les copains, ma femme m'a enlevé il répond en se marrant, je ne sais pas où on va ni pour combien de temps, il tient ma main dans la sienne, il la serre, moi aussi.

Je ne pense pas à maman, je ne veux surtout pas penser à elle, toute seule, à l'hôpital. Bon, d'accord, j'y pense un peu, mais elle est entre de bonnes mains, je ne pars pas longtemps, je suis joignable, sa chimio est finie depuis deux mois, il lui reste juste un peu d'eau dans le ventre, c'est une ascite, c'est rien une ascite, j'ai lu sur internet que c'est un épanchement liquidien intra-abdominal ou une accumulation de liquide dans la cavité périto-néale, ça fait de l'effet quand on le lit, mais il n'y a pas de quoi s'alarmer, et pas de quoi annuler ma surprise.

C'est avant-hier qu'elle m'a appelée, affolée, je ne sais pas ce qui m'arrive, j'ai un ventre énorme, il gonfle, il gonfle, l'homéopathe ne répond pas, la masseuse est en vacances, qu'est-ce que j'ai, qu'est-ce qui se passe. Calme-toi, je lui ai dit, on va appeler Toubib, c'est le nom qu'on donne entre nous au super-grand patron que papa a mobilisé pour qu'il essaie sur maman ses super-nouveaux protocoles, on va appeler Toubib, il va te recevoir tout de suite, c'est sûrement rien, c'est nerveux. Mais Toubib ne la prend pas au téléphone, Tou-bib ne la prend jamais, Toubib ne répond que quand c'est papa lui-même qui l'appelle et papa, là, est en voyage, très loin, dans le désert, sans téléphone sauf pour les urgences, et toute ma thèse est justement que ça ne peut pas être une urgence. Ça fait rien, je dis à maman, va direct à la consultation, je te rejoins, ils vont te rassurer, tout va bien.

Maman ne veut pas bouger. Je ne peux pas, ce ventre, mes cheveux et puis, je ne sais pas com-ment te le dire, mes dents, tout le système que m'a fait le docteur A. et qui a coûté si cher à ton père a cassé la semaine dernière et je n'arrive pas à le remettre. C'est pas grave maman, je lui réponds, personne ne fera attention à tes dents. Elle crie, elle est vexée, pourquoi personne ne ferait attention à mes dents, et elle pleure comme une enfant. Honteuse, la bouche pleine, en train de bien mastiquer un bon petit déjeuner avec ma liste d'effets à acheter et à emporter à Rome, je soupire : essaie quand même de le rafistoler ton système, ça doit pas être sorcier, juste pour la journée, le temps de la visite, et je rapplique. On arrive en même temps à l'hôpital. On ne sait encore, ni l'une ni l'autre, qu'elle n'en sortira plus vraiment.

Elle est là, toute pomponnée, avec les drôles de chaussures qu'elle aura pour son enterrement, l'œdème de ses jambes, son ventre énorme sous le joli cardigan qu'on est allées acheter avec les sous de papa, elle était inquiète, on avait droit à 2 000 euros, elle comprenait rien aux euros, elle comptait toujours en francs, elle trouvait qu'avec 2 000 francs on n'irait pas très loin, en fait on a acheté de beaux vêtements qui lui rappelaient ceux qu'elle volait avec Sophia dans les boutiques élégantes du quartier ou bien les manteaux, en général des manteaux de fourrure, qu'elles piquaient dans les restaurants chic en les ramassant discrétos, au moment de partir, avec leurs propres manteaux et qu'elles faisaient retailler ensuite, pour ne pas qu'on les retrouve, en vestes, en jupes, en pantalons, en gilets – tu es belle comme une voiture volée, disait Sophia, et elle savait ce qu'elle disait vu qu'elles avaient aussi volé des voitures et qu'elles procédaient de la même façon avec les fringues et avec les voitures.

Ce jour-là, donc, elle a mis son cardigan, son plus joli rouge à lèvres, un foulard sur ce qui lui reste de cheveux et elle a réussi à remettre ses dents, tant mieux, comme ça elle peut crier bien comme il faut, bouche ouverte, à pleine gorge, quand l'infirmière s'y reprend à trois fois pour lui piquer le ventre, installer la canule, la relier au tuyau qui laisse échapper le liquide goutte à goutte. Je regarde son ventre. Je pense à la bataille dégueulasse qui se joue là. Comme c'est l'anniversaire de l'infirmière et qu'elle est partie à côté, au foyer, souffler ses bougies, je fais même un peu l'infirmière. Appelez-moi en cas de besoin, elle a dit. Mais maman n'a pas voulu, elle s'est opposée à ce qu'on lui gâche son anniversaire, alors c'est moi qui ai dû appuyer sur le ventre énorme pour faire couler ce que je prends d'abord pour du pipi et que je renverse sur nos affaires, ses sacs pleins de paperasses, les miens avec mes dessous sexy tout neufs.

J'ai menti, ce jour-là, à maman. J'ai dit je pars à Bruxelles, c'est d'un ennui mortel, mais je suis forcée tu comprends, mon éditeur, mon livre, suis obligée. Je passe au journal télé, j'ai ajouté, pour m'excuser encore mieux et pour l'impressionner. Mais, pour l'instant, j'appuie. Doucement mais fermement, j'appuie. Le liquide coule. J'essaie d'oublier que ça sent bizarre, que c'est gluant, que ça a une consistance trop épaisse et que c'est maman. J'essaie de me convaincre que moi aussi j'ai sûrement de l'eau dans le ventre. Elle sourit, je ris, elle rit aussi, ça coule de plus en plus fort, c'est la première fois que tu me vois enceinte elle me dit, et c'est la dernière chose drôle qu'elle m'aura dite de sa vie.

Au docteur Lippi, le gentil docteur dont elle est, je crois, un peu amoureuse, jusqu'au bout coquette, même le ventre tout gonflé, même les dents qui se déchaussent, même le masque de la mort sur le visage, même à demi chauve, au docteur Lippi elle sourit, ses yeux bien bleus, bien fendus, ses yeux auxquels elle fait confiance, ils ne l'ont jamais trahie, même quand elle était camée à mort, même quand elle était si mal, ou qu'elle était au contraire si bien et si planante, que son regard foutait le camp, même quand j'avais quatre ans et que je la retrouvais par terre, le matin, nue sur le carrelage de sa salle de bains, les yeux à demi révulsés, et que j'essayais de la tirer, comme un petit chien courageux, jusqu'à son lit ou jusque sur la moquette, ou au moins de la réveiller, même là, elle a toujours eu ces yeux-là, s'il y a bien une chose qui est à elle c'est ce regard et je vois bien qu'il le voit, le gentil docteur Lippi, je vois bien qu'il la trouve belle quand il lui palpe le ventre et fait semblant de ne pas prendre la mesure de la maladie.

Vous voyez, dit maman, comme c'est tout plein d'eau ? C'est fou non ? C'est fou, oui. Il sourit. Il palpe encore. Il la regarde. Il me regarde. Son air bon et étonné. Ses rides sur le front comme des chemins de montagne. Elle est contente que quelqu'un s'occupe d'elle et la prenne enfin au sérieux. Mais elle ne dit rien. Et lui non plus ne dit rien. Il a tout compris. Il sait que l'ennemi est là, masqué, qu'il prend l'apparence d'une ascite, mais que ce n'est pas de l'eau qui sort de son ventre, que c'est de la cochonnerie qui fermente, que c'est un bouillon de métastases.

3

À Roissy, c'est moi qui règle le taxi. C'est ton anniversaire tu ne débourseras pas un centime, j'ai dit, mal à l'aise, mais ça fait partie de la surprise. Il est contre normalement, mais là ça va, il le prend bien, il sifflote *I'm just a gigolo*, le chauffeur lui fait un clin d'œil dans le rétroviseur, genre z'êtes un p'tit malin, vous. C'est à l'aéroport que ça se gâte. On nous annonce d'abord que le vol est retardé. Et puis qu'on est sur liste d'attente. Sur liste d'attente ? Qu'est-ce que j'ai encore fait ? Comment ai-je pu être aussi sotte ? Je pleure. Ma surprise est ratée. Pablo, heureusement, prend la situation en main. Il a compris qu'on allait à Rome. Il jouait les idiots, il voulait me faire plaisir et faire celui qui n'avait pas compris mais, bien sûr, il a compris.

Car c'est toute une histoire, Rome, entre nous. Il ne connaît pas. Moi si. Mais je n'ai jamais voulu qu'on y aille ensemble. J'ai trop de souvenirs là-bas, des images moches, et j'ai décidé, dans une autre vie, que je n'y remettrai jamais plus les pieds. Et mon pape, me demandait parfois Pablo désespéré ? Eh bien quoi, ton pape ? Si un jour mon pape nous reçoit en audience, faudra bien qu'on accepte et qu'on y aille ! Je répondais OK pour son pape, je savais qu'il y avait peu de chances. Mais là, pape ou pas, on est sur liste d'attente, et je suis atterrée, et je me ratatine sur mon banc, et Pablo s'agite au guichet, insulte, menace, procès, articles dans la presse, campagne de dénigrement, Incapable, Menteur, Grosse légume, Trou de balle, sous-compagnie, faillite. Je ne suis plus si sûre de vouloir partir, finalement. Je pensais échapper à maman et à sa maladie. Je voulais échapper à la tristesse, qu'elle reste avec maman à l'hôpital. Elle est restée à l'hôpital. Mais pas la culpabilité, revenue au triple galop, qui a profité de la brèche ouverte par la liste d'attente et qui s'est engouffrée, j'ai mal à la tête, et au cœur.

Finalement on embarque. Mais à l'hôtel c'est encore pire. J'ai eu l'adresse par le pote d'un pote de maman qui m'a juré que c'était extra – j'aurais dû me méfier. Allez vous promener, nous dit la réceptionniste, la chambre est toute neuve, elle n'est pas prête, il faut encore qu'on fixe quelques trucs, vous pouvez laisser vos bagages. On laisse nos bagages. On revient. La chambre n'est toujours pas prête. Mais en réalité c'est comme ça, c'est une chambre qui n'a jamais servi et qui n'est pas près d'être prête, il n'y a pas de pommeau de douche ni de rideaux, il y a une ampoule qui pend au plafond et ça sent la peinture. C'est grand en même temps, dit Pablo en faisant le tour du propriétaire dans un sens, et puis dans l'autre, comme si ça allait la rendre plus grande. C'est propre, il ajoute. Et, en plus, on sera les premiers à s'y aimer, et les premiers à s'y embrasser. Ça me fait rire. Tu es la première à rire dans cette chambre, il insiste, et il m'embrasse.

Ce qui est formidable avec Pablo, c'est qu'il est toujours positif, me dit souvent papa. Je pense à papa qui aime tellement Pablo. Je pense à papa qui m'a parlé des copains qu'il avait à Rome, à l'époque de ma naissance, et avec qui il discutait ferme pour qu'ils ne tombent pas dans le terrorisme. Je pense à Ulderico P., le copain qu'il n'avait pas réussi, lui, à empêcher de faire des braquages et de monter un circuit d'impression de fausse monnaie, et il a dû fuir l'Italie, et il s'est réfugié en France, et comme il lui fallait un emploi stable il est devenu mon baby-sitter. Je pense à tout ça. Je pense à tous ces Italiens qui s'installaient à la maison et qui me laissaient me coucher à pas d'heure pendant qu'ils fumaient, buvaient et donnaient des coups de téléphone mystérieux. Je ne pense pas à maman. Je ne pense pas au liquide qui coule de son ventre. Je ne veux pas imaginer le visage qu'elle aura à mon retour et qui sera déjà différent et qui me marquera plus qu'aucun autre.

On est contents. On est bien. Il y a du champagne dans le minibar. On veut appeler le room service pour demander des coupes. Mais zut, c'est vrai, la chambre n'est pas finie, il n'y a pas encore de téléphone. Tant pis. On boit au goulot. Il est génial, dit Pablo, qui descend en reprendre une bouteille. Champagne ! On n'imagine pas non plus, on n'imagine pas encore, à cet instant, qu'il y a quelque chose, dans mon ventre à moi, qui n'aime peut-être pas le champagne.

C'est beau, Rome. Il suffit de lever les yeux, la couleur est partout. Il suffit de remuer le nez, ça sent les fleurs et le jasmin. Il suffit de louer un scooter, ça y est, on est romains. Pablo veut que je fasse une demande pour la villa Médicis, je tournerais à Cinecitta, tu écrirais en italien, les copains viendraient le week-end, ce serait la fête à volonté, tu ne déprimerais plus jamais, comment est-ce qu'on peut être triste en Italie ? Bonne idée je dis. Mais pour Pablo ce n'est pas juste une idée, c'est une décision, tout le week-end il dit l'année prochaine à Rome, il a déjà ses repères, ses habitudes, le café où il donnera ses rendez-vous, ses endroits secrets au Trastevere, sa trattoria préférée, son journal, un raccourci pour aller de la piazza di Spagna à la via Veneto, le code de la porte dérobée qui permet de passer par l'arrière des jardins de la villa Médicis. Je sais que dans deux semaines il sera passé à autre chose. Mais je ne dis rien. Je le laisse me guider. Il a appris par cœur la carte de la ville. Il se lève à 6 heures le matin pour étudier de nouveaux itinéraires. On est heureux.

Et en même temps, ce n'est pas vrai. J'ai cette vilaine musique dans la tête. J'ai menti à maman en lui racontant cette histoire nulle de voyage pour la promo du livre. Mais je me mens aussi quand j'imagine que j'ai réussi à laisser maman loin derrière, à pisser du liquide et à faire des sourires au docteur Lippi. D'ailleurs mon portable sonne sans arrêt. Appel masqué. C'est elle. Je suis sûre qu'elle a deviné. Elle sait bien que je m'en fiche de la promo, que passer à la télé me tétanise, que même à Paris j'annule toujours à la dernière minute. Elle est maligne, maman. Mais je ne vais pas me laisser faire. Maman est en rémission, je me répète. Maman a juste de l'eau dans le ventre. Maman est toute bronzée de notre séjour à l'île de Houat. Est-ce que les médecins n'ont pas l'air confiant ? Est-ce que ça ne se verrait pas dans leurs yeux s'il y avait un problème ? L'important c'est que Pablo soit content de son anniversaire. Pablo et moi, maintenant, on est un couple. Et je suis la moitié de ce couple. Faut que je réussisse cette affaire-là. J'ai tout raté dans ma vie jusqu'à présent. Mais ça il faut que ça marche. Il faut que Pablo revienne en disant à ses copains Louise est incroyable, Louise est une artiste de la vie, ce séjour à Rome était inoubliable, in-ou-bli-a-ble je vous dis. Alors j'envoie des textos à maman. Je m'applique. Je peaufine le scénario, que ça valait drôlement la peine, que j'ai été reçue au journal télévisé belge, même pas eu peur, même pas le trac, c'était important pour le livre, tu vois, tu comprends.

Je ne sais pas si elle comprend. Mais je sais que, moi, c'est cette nuit-là que j'ai compris, ou que quelque chose en moi a fini par comprendre, qu'un truc bizarre se préparait et que si je voulais m'amuser, et que Pablo s'amuse, et qu'on s'amuse encore un peu tous les deux, il fallait faire vite, très vite, car bientôt ce ne serait plus possible. C'est une sensation vague. Un écœurement nouveau quand Pablo s'endort et que j'allume ma cigarette. Et puis est-ce que ça fait pas déjà plusieurs jours que mes soutiens-gorge me serrent et que je ne les supporte plus ? Et puis est-ce que ça fait pas déjà plus de deux mois… ? Voyons, je compte, deux mois, deux mois et demi, peut-être un peu plus, je me trompe toujours dans mes calculs de toute façon, la dernière fois c'était quatre mois, je ne m'étais rendu compte de rien, tous les médecins étaient effarés et je ne sais même pas comment on avait réussi à en trouver un qui, à la fin, veuille bien…

Il faut essayer d'être gaie, je pense de plus belle. Il faut rendre la vie légère, vu ce que je commence à soupçonner. Jamais je n'ai été si positive, volontariste, optimiste. Jamais je n'ai été si pabliste. Alors, oui, je laisse maman loin derrière. Plus que jamais, je l'abandonne au bout de mes textos idiots. Je me répète, comme un perroquet, ça va aller, ça va aller, elle est suivie, ses copains du Grand Hôtel de Clermont, papa, sa copine Claire qu'elle adore, les médecins, sa mère. Nous on a besoin de tout notre temps pour être joyeux bien comme il faut. Jamais maman n'aura eu plus besoin de moi. Et jamais je n'ai été si peu capable de l'aider.

Au retour, à Roissy, je ne dis rien à Pablo. Je murmure zut, envie de faire pipi, attends les bagages sans moi, je reviens. Et je fonce à la pharmacie faire un test de grossesse. C'est bien ce que je pensais. Évidemment. Et devant la petite croix bleue qui signifie que tout a changé, que je suis embarquée dans autre chose, une nouvelle aventure, une nouvelle vie, que j'aurai quelqu'un d'autre à aimer, que quelqu'un va arriver que je vais aimer plus que moi-même et que ma mère, je me mets à pleurer. De joie. Mais aussi de peur, et de honte, et de culpabilité. C'est pas comme si j'avais tout planifié, bien sûr. Je ne me suis pas dit, un matin, voilà, un enfant, un mari, une belle-mère, une nouvelle mère. N'empêche. C'est aussi le début de la longue agonie de maman. Et quelque chose, en moi, ne se pardonne pas d'avoir fait ça. Je file à l'hôpital Saint-Louis.

4

Je ne sais pas pourquoi papa est si ému quand
je lui dis que ce sera sans doute une fille. Ça fait
dix jours que je suis rentrée, je n'ai pas encore osé
le dire à maman qui n'est pas sortie de l'hôpital et
de son ascite, mais je lui ai tout dit à lui, comme
d'habitude, tout, Rome, Roissy, trois mois finalement, encore foiré dans mes comptes, maman à
mon âge c'était bien pire, elle se mélangeait tellement les pinceaux qu'elle faisait des grossesses
nerveuses, ou extra-utérines, et maintenant cette
échographie. Est-ce que ça l'aurait moins intéressé
si ç'avait été un garçon ? En tout cas, ce qui est
fou c'est que, l'autre jour, quand je lui ai annoncé
la nouvelle, il m'a dit je te préviens, Louise, ne
compte pas sur moi, j'ai déjà donné, ton bébé et
moi ce sera guili-guili, trois minutes pour son
anniversaire, deux à Noël, n'en espère surtout
pas plus, pas mon genre, pas le temps, une fille
avertie en vaut deux, ta mère sera là pour ça,

d'accord ? Je n'en ai pas espéré plus. Je nous sentais assez forts, avec Pablo, pour nous occuper tout seuls comme des grands de l'éducation d'une famille nombreuse. Mais là, elle n'est pas encore née, on n'en est qu'à l'échographie et il en est déjà, dans le Michigan, à 10 heures du mat, et malgré le décalage horaire, à sept messages de suite. Il faut dire que j'ai un problème avec le téléphone, je ne décroche pas, ou je le perds, ou je le fais tomber dans mon bain, ou j'oublie de le recharger, ou j'ai peur de rappeler, de déranger, de tomber au mauvais moment, que la personne se dise zut, encore celle-là, alors à plus forte raison papa, occupé comme il l'est, et cette voix brusque quand il décroche, on n'a qu'une envie c'est d'être une petite souris et de rentrer sous terre.

Alors, fille ou garçon, il demande à son huitième appel ?

— Fille, je pense. C'est un peu tôt, mais ils disent que ce sera une fille.

— J'étais sûr que ce serait une fille, que ma petite fille allait avoir une petite fille ! Mais comment est-ce que je vais faire pour encore plus gâter cette petite fille-ci que l'autre ?

— Je ne sais pas comment tu vas faire, je réponds, c'est vrai que ça va être dur.

— Et tu sais si elle est jolie ?

— Non, papa, on sait pas, elle mesure dix centimètres à l'échographie, on ne voit pas encore grand-chose.

– Allô, tu m'entends ? Allô, allô, tu es là ? Bien sûr que si, on sait déjà, vous avez dû mal regarder – et comment vous comptez l'appeler, sinon ?

– Peut-être Carmen-Amalia.

– Comment ?

– Car-men-A-ma-lia.

– C'est pas un peu transgenre, Ahmed-Amalia ?

– Non, Carmen, Car-men, pas Ahmed.

– Et pourquoi pas Albertine ?

– Parce que c'est affreux, Albertine.

– Pas du tout, c'est pas affreux, c'est même assez poétique, tu veux pas en parler à Pablo ? considérer la possibilité ? je trouve que ça lui va bien, moi, Albertine.

– C'est tout considéré, papa, elle ne s'appellera pas Albertine.

Ça raccroche à ce moment-là, et je coupe carrément mon téléphone. Elle ne s'appellera pas Carmen-Amalia non plus. On va lui trouver un chouette nom, rien qu'à elle, sans fantôme, un nom qui ne lui mette pas la pression, un nom avec lequel elle puisse, plus tard, faire ce qu'elle veut, cosmonaute, député, rockeuse, gangster, styliste, femme au foyer, championne sportive, fleuriste, un nom qui aille avec tout, un nom avec lequel elle ait le choix d'être belle ou vilaine, facile ou difficile, ou les deux, ou entre les deux, un nom qui fonctionne quels que soient les destins, prospérités de la vertu et infortunes du vice, ou l'inverse, ou encore les deux. Ça n'existe pas ? On trouvera. Maman m'aidera. Je sais bien que, si j'avais été un garçon, elle comptait m'appeler Maldoror et que ce n'est pas exactement un nom sans fantôme et qui va avec tout. Mais je lui expliquerai ma théorie. Je vais, maintenant, lui parler très vite. Et je suis sûre qu'elle comprendra.

5

Souvenirs de l'hôpital Saint-Louis, au début de sa maladie. On est, maman et moi, dans la salle d'attente. Toubib, le Grand Professeur, nous prend toujours entre deux rendez-vous. Je veux dire deux vrais rendez-vous, avec des Vrais Patients, des Payants, car pour nous c'est gratis, c'est une faveur qu'il fait à mon père, entre écrivains on se comprend, car oui, moi aussi je suis écrivain il nous précise à chaque fois, mais si mais si, j'ai écrit un roman, faut pas croire que je sois juste Toubib. Je l'ai lu son roman, plein d'amour, dégoulinant, papa en a dit du bien partout où il a pu, pour le flatter, pour qu'il s'occupe mieux de maman, qu'il la considère, qu'on attende un peu moins sur ce banc froid de l'hôpital Saint-Louis. Mais, malgré ça, on attend, sans rien dire, sans se plaindre, même si ça s'éternise, même si ça dure parfois des heures, les payants passent avant nous forcément, les dames bien coiffées, ou bien perruquées, manteaux de fourrure, minichien, on n'ose rien faire, on ose à peine plaisanter, on fume en cachette, à tour de rôle, dans l'escalier, parfois maman a l'audace de demander un verre d'eau que la secrétaire revêche oublie de lui apporter, maintenant on prévoit toujours un petit pique-nique, c'est déjà bien d'avoir le droit d'être là, il nous le fait tellement sentir, Toubib, Son Éminence, Sa Sommité, le Maître, c'est une chance que, même en retard, il s'intéresse à notre cas.

Aujourd'hui, peut-être pour passer le temps, ou parce qu'on est seules, exceptionnellement seules, dans la salle d'attente trop grande, maman a décidé de me montrer sa cicatrice. Pas le temps de dire ouf, pas le temps de dire ouais je sais pas si j'y tiens tant que ça à voir ta cicatrice, et la voilà qui déboutonne son chemisier sur son sans-sein, son non-sein, sur la place de son ancien sein. N'est-ce pas que c'est abominable ce qu'ils m'ont fait, je lis dans son œil bleu délavé qui me scrute, qui ne me lâche pas, pas d'échappatoire, attention à ce que je vais dire, attention à ne pas détourner le regard et à avoir l'air bien neutre, sifflotement mental, regarder, juste regarder et si possible ne pas voir, fermer les yeux de l'intérieur et, quand ils sont bien fermés, faire comme si je regardais mais sans voir ou en en voyant le minimum. Oh c'est très propre je réponds d'un ton docte, c'est très bien. Mais je me concentre en fait sur l'autre côté, le sein intact, le sein magnifique, orgueilleux, cyclopéen, il règne maintenant, il est fort, il est énorme d'être tout seul. Ou bien, mieux, je plisse les yeux et, comme ça, je vois double, deux seins comme avant, quand tout était normal, quand maman était une femme, quand elle était la plus belle femme du monde et c'était vrai, pas une façon de parler, maman en minijupe provoquait des embouteillages, les garçons sifflaient maman dans la rue et, comme elle était drôle, et gracieuse, et légère avec sa beauté, elle disait oh ! c'est à cause de mon chapeau, de mes chaussures, du printemps. Ou, plus fort encore, plus efficace, je cherche dans ma tête quelque chose qui me fasse rire, j'y pense fort, c'est Pablo qui sort de la salle de bains mal rasé, bon ça va, j'ai pas trouvé mes lunettes, je me suis rasé à l'aveuglette et je me suis encore fait la moustache de Charlot, hein c'est ça ? oui c'est ça, tout à fait ça, la moustache de Charlot, peut-être que ça ne ferait pas rigoler maman, mais moi oui, ça me réjouit, c'est juste ce qu'il me fallait pour être gaie, et heureusement que j'ai ça à quoi me raccrocher, ça me permet d'avoir la tête ailleurs et d'avoir moins la tentation de regarder. C'est bien, maman, je répète, comme un méchant petit automate, trop lâche pour supporter la vérité, pour pleurer avec elle et pour lui dire ce que je pense vraiment, qu'ils l'ont charcutée, que la cicatrice est abominable, noirâtre, boursouflée, et que ce sont des salauds. C'est bien maman, je répète, c'est net, c'est propre, et avec mes stratagèmes j'ai réussi, quand elle referme son chemisier, à l'avoir à peine vue.

Toubib ouvre enfin la porte. Il me salue, toujours affable, comment va votre père, genre on ne se voit pas assez entre écrivains, et il dit à maman venez avec moi, dans l'autre salle, je vais vous examiner. Déshabillez-vous, je l'entends dire. Mais sans la regarder, j'en suis sûre, sans même faire semblant d'être troublé. Il a en face de lui une femme sublime, modèle des plus grands photographes du monde, une femme à hommes, une mangeuse d'hommes, et il lui dit juste, ce salaud, déshabillez-vous et elle se déshabille. Il n'y a pas si longtemps, il en aurait bégayé, il se serait tortillé pour avoir l'air pro et que ça ne sonne pas comme une proposition grivoise. Mais là c'est maman qui doit bégayer, c'est maman qui doit se tortiller, c'est maman qui a peur de sa propre nudité, crue, étalée, cette nudité ruinée. Ils sont dans la pièce à côté. Mais c'est comme si j'y étais. Maman a dû la jouer petite fille grande culotte, ou soutien-gorge en dentelle pour soutenir son sein unique, ou les deux pour faire contraste. Elle doit s'excuser de ses marques de chaussettes, rigoler de ses pieds gonflés par la chaleur, faire semblant de découvrir ses orteils semblables à des petits marteaux chauffés, oh là là je suis ballonnée elle minaude en rentrant le ventre, mais il fait quand même des plis quand elle s'assied, et puis elle a son gros bras, et les poils qui repoussent sous l'aisselle car elle ne peut plus le lever assez haut pour les raser, les années de rasoir les ont rendus drus comme de la barbe et la chimio, bizarrement, ne les a pas affaiblis. Et puis elle doit transpirer. Elle doit dire à Toubib c'est rien, c'est la faute à mon gros bras, ce bras gros comme ma cuisse à cause de cette histoire de ganglions que vous allez régler n'est-ce pas ? Et puis elle n'a plus de cheveux. Plus de cils. Plus de sourcils. Et puis elle est ménopausée, ils l'ont ménopausée je crois, je n'ai pas tout compris là non plus, je ne suis pas très au fait de ces trucs de filles, une fois j'ai eu des douleurs dans un sein, comme des coups de canif, j'ai eu peur, ça y est, moi aussi un cancer, trop jeune, pas juste, à qui le dire en premier, ne pas affoler papa, ne pas tourmenter maman qui est déjà malade, ne pas en parler à Pablo que j'embête assez comme ça, j'appelle donc un médecin, bonjour je voudrais un rendez-vous en urgence avec le docteur Petit, oui c'est pour du Botox ? non c'est pour une radio, ah mais le docteur Petit ne fait plus que du Botox, j'ai fait venir alors SOS Médecins et le type m'a dit en rigolant que j'allais juste avoir mes règles, c'est dire si je m'y connais ! Maman, elle, n'aura plus jamais ses règles, le cancer a fait d'elle une petite fille, une vieille petite fille fragile et difforme, une Ménine. Mais je suis sûre, absolument sûre, que pendant que Toubib l'examine elle rentre le ventre, peut-être même qu'elle se cache le sein orphelin d'une main, qu'elle rougit, qu'elle fait la jeune fille.

Sur le bureau de Toubib qui n'en a rien à foutre qu'elle rentre le ventre ou pas, sur le bureau de ce trouduc, il n'y a que des photos encadrées où il bombe le torse, des photos bien en évidence qui narguent les malades, nous sommes en bonne santé, nous, Toubib devant l'Éternel, nous avons des amis puissants, des préoccupations sociales et artistiques, nous ne sommes pas un petit toubib de rien du tout. C'est lui et Chirac, lui et Mitterrand, lui et Liz Taylor, lui, lui et lui, et tous les grands de ce monde qu'il n'en peut plus de côtoyer, les riches et les célèbres, les glamour et les excentriques, mais il ne connaît même pas le nom de maman, madame Doutrelinge il s'obstine à l'appeler, ou Doutredigue, déshabillez-vous madame Doudrecouic, et chaque fois avec maman on se regarde, est-ce qu'on corrige ou pas ? tout à l'heure peut-être, à la fin du rendez-vous, je lui dirai c'est Doutreluigne connard, c'est Doutreluigne espèce de salopard, et je lui sauterai à la gorge comme un chien, et ce sera moi le chien, j'assume très bien, pas de problème, mais pour l'instant vaut mieux pas l'énerver…

Il ressort de la petite pièce, maman sur les talons. Il s'assied à son bureau, joint ses petits doigts, croise ses petites jambes, nous regarde d'un air satisfait et nous explique comment on va procéder. On sent qu'il est pressé, aujourd'hui. Il y a les autres patients qui attendent, les patients riches, les patients célèbres, les patients qui donnent pour le cancer, les patients des grands galas à Versailles où le dress code pingouin est de rigueur, nous on a juste un passe-droit, on s'est faufilées à cause de papa, au début maman était scandalisée, hors de question que ça se passe comme ça, cet hôpital soit-disant public, cette médecine à douze vitesses, et si ton père n'était pas là j'aurais mis combien de temps à l'obtenir son rendez-vous ? et avec quoi j'aurais payé ? ah non non non, elle ne voulait pas entendre parler de privilège là non plus, elle voulait être soignée comme tout le monde, comme les autres, les indigents, ses copains Rmistes du Grand Hôtel de Clermont, qu'est-ce qu'ils diraient mes copains s'ils savaient ça ? J'ai réussi à la convaincre quand même, c'est vrai maman que c'est dégueulasse, je sais que tes potes n'ont pas accès à ces soins-là et dans ces délais-là, mais d'abord tu guéris et après on fera la révolution, d'accord ? C'est promis, c'est juré, tu vas voir le bordel qu'on va mettre quand on aura gagné.

Est-ce que j'y croyais vraiment ? Au début, oui. Les nouveaux traitements, les nouvelles pistes, ils vont bien trouver un remède, un vaccin, une formule magique, ils travaillent sans relâche, les gens donnent des sous, nous aussi on a donné, et puis il reste toujours les miracles, il y en a, ça arrive, je l'ai lu, on me l'a dit, j'avais toujours des exemples sous la main, des amis, des amis d'amis, le copain de la copine du restau où on dîne avec Pablo quand on a la flemme de faire à manger à la maison, cancer du sein, du foie, de la gorge, du pancréas, cancer du péritoine et du péricarde, cancer des tissus mous, cancer de la glande lacrymale, des voies biliaires, du sternum, tu ne savais même pas que ces cancers-là existaient ? eh bien je te l'apprends, et je t'apprends par la même occasion qu'on en guérit, rémission d'abord, longue rémission, protocoles mirobolants, merveille de la médecine et puis guérison. Je ne savais pas que ce n'est jamais vrai.

Je ne savais pas encore que cette bataille ne se gagne pas, jamais. J'y croyais. Je disais arrête, maman, avec tes gourous, ton thé vert, tes massages, on a besoin de science cette fois-ci, faut faire les choses de manière scientifique, et faut faire vite. Mais là aussi elle argumentait, elle argumentait toujours sur tout, jamais d'accord sur rien, alors à plus forte raison sur son cancer. On a besoin de science d'accord elle répliquait, mais et la science bouddhique ? et la médecine chinoise ? et les thérapies ayurvédiques ? Je disais je vais me fâcher, maman. Je menaçais, si elle continuait, de l'obliger à lire toute la littérature de la métastase : le cancer apprivoisé… le cancer est un combat… cuisiner contre le cancer… au sein du cancer… mon chemin, ma guérison… le cancer, expliquez-moi docteur… mon cancer, ma jaguar… dites non au cancer… cancer et spiritualité… cancer ascendant métastase… le cancer est-il français ?… cancer du soir, espoir… au secours, j'ai le cancer… mon cancer, ma bataille… cancer, tu ne m'auras pas… le B.A.BA du cancer… dialogues sur le cancer… le cancer stade suprême, j'ai oublié de quoi, peut-être de l'impérialisme, ou de la mondialisation, peu importe… Ça nous occupait, finalement, de nous disputer. Surtout quand on se retrouvait là, toutes les deux, à attendre pendant des heures les plans de bataille du grand professeur Toubib.

Mais là on est face à lui. Il a bien examiné maman. Il nous débite son speech d'une voix lointaine. Il parle lentement, pour ne pas avoir à répéter. Il détache les syllabes. Il nous parle comme à des débiles. En même temps il pense à autre chose, il essaie de lire l'heure, discrètement, sauf que sa montre a glissé sous sa manche, alors il fait semblant de se regarder les ongles et il en profite pour secouer ses doigts boudinés et la faire redescendre un peu. C'est des doigts qui n'ont jamais servi, ça se voit. Ni à caresser, ni à peindre, ni à travailler, des doigts mous et bêtes, même pas des doigts pour tâter les tumeurs et les gros bras comme ceux du gentil docteur Lippi, des doigts faits pour serrer des mains en bonne santé, des doigts de mondain. Qu'est-ce qu'il est gras je me dis. Plus ses patients maigrissent, plus il grossit. Plus maman dépérit, plus il est resplendissant de santé. Là, pendant qu'il nous parle, il doit réfléchir à ce qu'il va faire après, vu qu'il est l'invité d'honneur d'un de ses supergalas et qu'on lui a mangé son temps : trop tard pour retourner chez lui, pas même pour une petite douche, heureusement qu'il a pensé à prendre son smok ce matin, et il trouvera bien trois minutes pour se tartiner d'autobronzant, faut bien ça, c'est pas donné à tout le monde d'être l'invité d'honneur d'un tel gala, il a prévu de dire quelques mots, il sera modeste, convaincant, des trémolos dans la voix, il a l'habitude depuis le temps, les gens seront émus, il y aura la presse, les photographes qui le shooteront avec Madame von Machin Chose qu'il a sauvée et qui arrive droit de Francfort. Alors madame Doutrelinge, on est d'accord ? rendez-vous dans six mois, madame Doutrebine ? allez, courage madame Doutreming ! La consultation est finie. Il a besoin de garder des forces pour les quelques mots du gala. Alors il nous donne congé genre gros sabots.

D'accord monsieur Toubib, quel bon protocole, nous vous faisons tellement confiance, j'entends maman lui dire. Mais c'est pas elle. C'est pas sa voix. C'est une voix métallique et inhumaine. C'est une voix qui a peur, une voix qui n'y croit pas, une voix qui commence à comprendre qu'il n'y aura pas de dans six mois, que dans six mois elle sera morte. Lui aura écumé deux cents galas, sauvé des vies sûrement, pas seulement grâce à ses soins mais sûrement un peu quand même, comment savoir ? en tout cas pas elle, pas maman, il n'aura pas sauvé maman, elle fera partie, maman, des vilaines statistiques et, dans six mois, il aura oublié Madame Doutrefigue… À ce moment-là, il se passe un truc fou. Je regarde sa blouse blanche trop serrée qui laisse deviner les pans étriqués de son pantalon noir bien repassé. Je regarde ses souliers vernis, sur mesure, payés avec l'argent de ses patientes riches, et des riches donateurs désespérés qui donnent pour la science, pour être dans les petits papiers du Grand Professeur, qui donnent comme on donne à l'église, pour le geste, pour la superstition, pour forcer le destin, pour rien, pour les chaussures vernies, pour être mieux traités que les autres, on s'en fout des autres quand on va mourir, maman elle s'en fout pas, mais moi oui, je m'en fous, poussez-vous de là que maman s'y mette, nous aussi on a acheté Toubib, et drôlement cher, on ne paie peut-être pas les consultations mais on a donné une grosse somme, en une fois, comme les autres, comme les nobles bienfaiteurs de la lutte contre le cancer, bref, je regarde ses souliers et je ne sais pas pourquoi mais c'est à ce moment que je me jette sur lui.

Il s'attend à tout sauf à ça. Il a son sourire faussement contrit de quand il nous a assez vues. Il nous fait sa bouche en cul de poule, style le devoir m'appelle. Et à part ça, madame Doutrelinge, ça boume, il a dit en prenant maman par l'épaule pour qu'elle comprenne bien qu'il faut se lever ? Et c'est à ce moment-là, je n'ai jamais compris comment moi si timide j'ai pu faire une chose pareille, que je me suis levée aussi et lui ai sauté à la gorge. Un bond, littéralement. Une rage que rien n'arrête. La haine de ce fauteuil d'homme d'affaires, de ces rideaux en lin, de ce confort, de ces lèvres contentes d'elles et semblables à des petites saucisses. Je serre les mains sur son cou. Je serre le plus fort que je peux. Doutreluigne, elle s'appelle ma mère… Doutreluigne, espèce de nullard… Je serre et je hurle. Je serre et je pleure. Quand les deux assistantes font irruption et se jettent à leur tour sur moi, je lâche le nullard mais j'ai le dernier réflexe d'envoyer tout valdinguer sur le bureau : son large bureau en bois et cuir qui ne lui sert qu'à poser ses sales photos mondaines, lui tout cambré, mains sur les hanches avec Jack Lang, bien sanglé dans son smoking comme un petit gigot, lui en djellaba, hilare, avec le roi du Maroc, et ma mère ? t'as pas de photos avec ma mère ? pas assez pipole pour toi, ma mère ? J'envoie tout par terre, ça fait du bien, c'est comme mettre de l'ordre, comme ranger, j'en avais envie depuis si longtemps, maman ne bouge pas, elle ne dit rien, mais à un battement de cils, à une lueur dans ses yeux en train de reprendre espoir, je vois qu'elle est contente.

Avant de sortir pour de bon, évacuées par les assistantes, on a le temps de voir Toubib se baisser pour ramasser les morceaux d'un de ses cadres, et les recueillir tendrement dans ses mains jointes, comme une icône brisée ou un papillon mort.

6

Nouvelle échographie et je n'ai pas encore osé parler à maman. Ils me disent qu'Angèle est longiligne. Pas grosse, un peu en dessous du poids normal, mais de longues jambes. C'est une bombe, quoi, a résumé papa à qui j'ai, cette fois, tout de suite téléphoné. Ouais. Une petite bombe. Comme maman. Exactement comme maman. Faudra que j'arrête avec les comme maman. Mais, pour le moment, je suis toute contente. Car ils sont bizarres ces médecins. Cette façon de me prescrire une échographie supplémentaire, huit jours après la première, sans expliquer pourquoi, sans dire s'ils avaient des motifs d'inquiétude ou quoi. Moi j'en avais. Les deux bouteilles de champagne à Rome. Et puis cette fête, encore avant, à la féria d'Arles, avec pastis, whisky, vodka et *chupitos del fuego*. Pour ne pas être rabat-joie, pour ne pas être la fille ronchon qui casse les ambiances, j'ai suivi le mouvement et un peu forcé sur les doses. Je suis si contente de faire partie d'une bande, c'est une des choses que j'ai découvertes avec Pablo vu qu'il est un chef de bande né, genre capable d'organiser des concours de chupitos cul sec, debout sur une chaise ou sur la table, à qui en boira le plus grand nombre sans tomber. Le syndrome d'alcoolisme fœtal, ça s'appelle. Ça fait même la une des journaux. Comment je vais gérer une petite fille difforme, ou paralysée du visage, ou déficiente mentale ? Comment je vais l'aimer ? J'ai bien pensé, le jour de Roissy, à prévenir tout de suite mon gynéco, ou mon futur pédiatre, ou papa qui aurait trouvé une solution. Mais non. Trop peur. Quand j'ai trop peur je fais l'autruche. C'est quand même pas de bol, moi qui ne bois jamais, moi qui n'aime pas ça, ni le goût ni l'effet que ça fait, ma pauvre petite fille, ce morceau de moi, cette excroissance, ce prolongement de moi que je traite aussi mal que moi. L'échographe, heureusement, me rassure. Elle est parfaite, votre petite fille, il me dit. Parfaite, vous êtes sûr ? Je suis sûr. Vous avez bien tout vu ? J'ai tout vu. C'était une bande qui buvait du whisky et des chupitos, ç'aurait pu être une bande d'héroïnomanes, ma fille a eu de la chance.

7

Un jour qu'on en a eu assez de Toubib, de l'excellent Toubib, de Toubib le Mondain, de Toubib le Magnifique, un jour qu'on s'est révoltées contre l'attente sur le banc glacial, l'assistante revêche, le verre d'eau qui n'arrivait jamais, les bonjour madame Doutrepile, on est allées voir une nouvelle dame. Elle a l'air humain, de prime abord. Gentil. Elle ausculte maman avec des gestes doux. On est contentes. Sauf qu'elle nous fait attendre longtemps, elle aussi, avant de revenir avec son diagnostic, et le diagnostic n'est évidemment pas bon. Elle n'a plus du tout l'air gentil, alors. On dirait qu'elle nous gronde, qu'elle nous reproche de lui faire perdre son temps, on est des médecins pas des magiciens, est-ce que Toubib ne nous a pas déjà tout expliqué? Maman a l'air puni. Elle est assise sur le bord de sa chaise comme si elle n'attendait qu'un signe pour se lever et s'enfuir. Et moi j'ai rudement envie de demander pardon. Elle nous lit ses conclusions comme des remarques sur une mauvaise dissertation, on a mal travaillé, on a une mauvaise note et la sévère professeure est en train de nous faire la leçon. Radiothérapie tout de suite ou chimio sur un an, nous demande-t-elle d'un air las ? C'est l'alternative, je demande ? Il n'y a pas d'autre choix ? Vous ne m'avez pas bien comprise, mademoiselle, j'ai dit radiothérapie tout de suite ET chimio sur un an, elle me répète d'un ton si sec que j'en ai les larmes aux yeux. Sur quoi on l'écoute, sans moufter, nous détailler son plan, son protocole, les maigres chances qu'elle nous laisse, pourquoi on peut toujours essayer, tant qu'il y a de la vie il y a de l'espoir, on peut jamais savoir, etc. Une part de moi pose des questions, hoche la tête, écoute, réfléchit, évalue. Une autre sent bien que tout ça est bidon, profondément bidon, qu'il faut pas accepter d'entrer dans ce cirque et qu'on ferait mieux de se sauver. Elle ne nous aime pas, cette doctoresse, je dis dans le taxi que j'ai insisté pour appeler sur le compte de papa, alors que maman voulait s'engouffrer dans le métro. C'est vrai, me répond-elle d'un air bravache, mais ça tombe bien parce que nous non plus on ne l'aime pas. Je ris. Nous rions. Mais moi, en moi, je me dis il faut quand même sauver maman, la seule chose qui compte c'est de sauver maman, est-ce qu'on peut sauver quelqu'un qu'on n'aime pas ? est-ce qu'on peut sauver quelqu'un par routine ? on va chercher un troisième docteur, un qui fera au moins semblant de nous aimer, un à qui maman aura envie de plaire, un qui n'aura pas l'air de nous dire c'est votre faute, fallait vous réveiller plus tôt, faut pas venir vous plaindre après. En fait, on est retournées voir Toubib. C'est un grand médecin, bonne réputation, bons résultats, efficacité, efficacité, madame Doutreluge.

8

Je suis chez le gynéco, moi aussi je me tortille, moi aussi je rentre le ventre, moi aussi je suis ridicule, c'est ridicule de rentrer son ventre quand on est enceinte, mais je ne peux pas m'en empêcher, je ne peux pas trouver ça naturel, normal, facile, d'écarter les jambes face à un inconnu qui va mettre sa tête là-dedans, et fouiller, je suis toute rouge, je transpire, comme d'habitude j'ai gardé mes chaussettes, comme d'habitude je me suis cachée le plus possible avec mes bras mes mains quand il m'a fait monter sur la balance, comme d'habitude j'ai ri bêtement quand il m'a palpé les seins d'un air pénétré et en fixant le plafond, on ne peut même pas vraiment parler d'habitude, c'est chaque fois comme la première fois, chaque fois je suis morte de honte, alors je fais des petites blagues qui tombent généralement à plat. Ce jour-là, pourtant, le gynéco semble bizarre. Plus, en tout cas, que la dernière fois. Il a l'air, pendant qu'il m'examine, presque plus gêné que moi. Et, quand je lui demande c'est quoi exactement une césarienne, il me répond du tac au tac, en battant ridiculement des cils, vous savez que moi aussi j'attends un petit bébé ? Ah bon, je réponds, toute contente, ça va me faire un point de comparaison, ça va nous faire un sujet de conversation, c'est super. Vous voulez le voir, il insiste, tout rouge à son tour, tout transpirant ? Mais oui, je dis, décontenancée, toujours sur ma chaise de torture, pieds et chaussettes dans les étriers, épinglée comme l'un de ces papillons exotiques que Pablo m'a offerts pour mon anniversaire, *Papilio zalmoxis* d'Afrique, *Pseudolycaena damo* du Mexique, *Morpho menelaus* de Guyane. Bougez pas, il me dit. Ne bougez surtout pas. Et il revient avec un gros paquet qu'il pose en équilibre sur le bas de mon ventre. Vous avez des contacts dans les maisons d'édition, d'après ce que j'ai compris ? J'arrête de rentrer le ventre, dans l'espoir vain de déséquilibrer le gros paquet et de le faire tomber. Je tousse, pour gagner du temps. Je me gratte l'épaule. C'est formidable, je finis par dire, et ça fait combien de pages ? 765 ! Ah mais c'est un gros bébé, un très très gros bébé. Oui, un beau et gros bébé, il répète, les yeux brillants, ça fait dix ans que je suis dessus, je suis si heureux que vous puissiez m'aider. Mais c'est que, vous savez, c'est pas moi qui décide, je lis, je fais lire, je sers de courroie de transmission, je suis la dernière roue du carrosse, c'est rare qu'on m'écoute. Je me rhabille à toute berzingue. Je règle.

Je regarderai Wikipédia pour la césarienne. Il me dit je prends soin de votre bébé vous prenez soin du mien. Je dis oui oui, bien sûr, comptez sur moi. J'en lis trente pages dans le bus du retour. La fois suivante, je prétends que j'ai perdu le manuscrit, mais c'est pas grave, il a justement une disquette avec lui. La fois d'après, je dis qu'un membre du comité de lecture vient de mourir et qu'on ne peut rien lire pendant trois semaines, rapport au deuil, c'est une coutume dans l'édition. Et, après, je change de gynéco. Est-ce que le docteur écrit, je demande à la dame au téléphone ? Pardon ? Des livres, des romans, est-ce qu'il écrit des romans ou est-ce qu'il est juste médecin ? J'ai beaucoup de mal à obtenir le rendez-vous.

9

Je viens voir maman tous les jours. J'arrive en sautillant, en pensant à autre chose, le ventre déjà un peu tendu par mon enfant à venir, c'est magnifique me disent les gens, la vie continue, elle poursuit son programme sacré, cette chaîne magnifique des morts et des vivants, la mère, la fille, sa fille, vous savez ce qui arrive à Louise ? vous pouvez croire à cette coïncidence ? vous vous rendez compte ? La vérité c'est que je n'en peux plus. Je déteste ce pathos. Je me sens accablée, écrasée, sous le poids de leurs commentaires débiles. La vie à venir et l'autre vie qui s'en va : je n'ai aucune, mais alors aucune envie qu'on m'embête avec ça et qu'on prenne ces mines entendues pour m'en parler. Maman est malade et moi j'ai des envies absurdes de femme enceinte, voilà la situation. Maman souffre le martyre et moi j'ai besoin de tomates, de vinaigre, de citrons confits, voilà le seul truc intéressant. Maman est mourante et, sur le chemin de l'hôpital, je m'arrête à l'épicerie, j'achète plein de bonnes choses, je vais à l'hôpital comme on va à l'école, sans réfléchir, par obligation, par lâcheté, en faisant parfois l'hôpital buissonnier. Maman va mourir, c'est une question de mois, peut-être de semaines, ou de jours, et je ne suis pas capable de faire ce que toutes les filles du monde ont fait, font ou feraient à ma place : lui dire, juste lui dire, maman, c'est formidable, un enfant, mon enfant, le tien d'une certaine façon, le printemps, un miracle. Chaque jour, je me dis demain. Mais, chaque jour, j'invente une nouvelle excuse : qu'elle est énervée, exténuée, qu'elle est toute gaie au contraire et que ça pourrait lui troubler sa toute nouvelle gaieté, que c'est jour de début de cycle de chimio, ou de fin, ou que je ne suis pas venue depuis vingt-quatre heures et qu'elle va croire que c'est l'excuse que j'ai trouvée, elle-même ne voit rien, elle est tellement intelligente, elle me connaît si bien, les mères normalement comprennent tout et, pourtant, elle ne voit rien, elle ne remarque rien, peut-être que c'est exprès, un signe, un message, qu'elle veut d'abord guérir, ou moins souffrir, ou se débarrasser de cette satanée ascite. Je sautille mais je me déteste.

10

Une personne sur neuf va avoir un cancer, je l'ai lu. Alors, sur le chemin de l'hôpital, je compte mentalement. Cette femme qui m'a souri dans le bus. Le plombier tout à l'heure. Le type à la radio ce matin. Ma voisine psychopathe. Ce mec qui trébuche devant moi avec son manteau noir démodé qui lui descend jusqu'aux chevilles. Le garçon qui m'apporte mon ticket pour mon quatrième croissant de la matinée. Le marchand de journaux. La boulangère. Cette petite fille qui ressemble comme deux gouttes d'eau à Fougère, mon ancienne copine de lycée, je la compte pas celle-là, je fais comme si je la voyais pas, car elle tombe pile neuvième et je ne veux pas porter la poisse à Fougère. Le clodo du métro Gobelins. La concierge du 84 rue de la Croix-Vernier. Ce gros qui fait l'important en sortant de sa voiture avec chauffeur. Cette élégante qui est allée chercher sa petite fille à l'école, ça doit pas lui arriver tous les jours, pas de chance, la statistique c'est le destin, toi aussi tu es neuvième et je peux pas refaire le coup de Fougère à chaque fois. Le chauffeur qui descend de son taxi pour faire le code de la grille de l'hosto. Ce type qui sort en sifflotant, genre ouf, sauvé, enfin dehors. Moi. Bien sûr, oui, moi aussi. Je suis triste. C'est une drôle de tristesse, un peu extérieure, à la façon de ces torchères qui brûlent vers l'extérieur car dedans il n'y a plus de place. Mais c'est une vraie tristesse. Une tristesse en bruit de fond. Une tristesse qui ne lâche jamais prise, ne laisse pas une seconde en repos. Sur le chemin de l'hôpital, je promets, si maman guérit, de ne plus jamais mentir, de donner la moitié de mes droits d'auteur à la recherche contre le cancer, de manger bio jusqu'à la fin de mes jours. Qu'est-ce que je pourrais promettre, encore ? Je cherche, je dis n'importe quoi, on ne sait jamais, des fois que ce soit ça qui marche, des fois que ce soit ça le vœu qui monte au ciel, je jure de ne plus porter de chaussures jaunes, de ne pas apprendre le japonais, de raser les sourcils de mes chats, de signer mes chèques de la main gauche, d'aimer les champignons. Si maman guérit, je murmure dans le froid du matin, le téléphone vissé sur l'oreille pour faire croire aux passants que je parle à mon amoureux, une petite colonne de fumée blanche qui s'échappe de mes doigts comme une bulle de BD, si maman guérit, je jure de donner mes reins mon foie mes seins mes yeux mon âme à la science.

11

Saint-Louis, c'est mon sale et vieux copain. J'y suis chez moi, puisque avec ma grand-mère, et maintenant maman, je considère que j'ai un abonnement. Y a-t-il un endroit au monde moins rassurant que cet hôpital ? où ceux qu'on aime meurent, où on fait croire aux gens qu'on peut les soigner ? où tous les lits sont bien alignés, dans des box, comme des petits tombeaux ? Je le connais par cœur, maintenant. Je connais l'emplacement des interrupteurs dans les couloirs, je connais les meilleures chambres, les bruyantes, les surchauffées, l'ascenseur qui ne monte qu'au deuxième, celui qui fonctionne avec une clé, le recoin où on peut fumer en douce, le secrétariat où il n'y a jamais personne, où je vole des stylos et des bouteilles d'eau et où je colle des Post-it anonymes pour faire rigoler maman quand je la fais marcher dans le couloir et qu'on arrive jusque-là – attention au grizzli, rappeler Brigitte Bardot, les carottes sont cuites.

Je connais les infirmières méchantes, les qui s'en fichent, les gentilles mais tête en l'air, la vraie bonne fille qui apporte la morphine en bouteille, elle a un petit air gourmand comme s'il s'agissait de glace au chocolat, miam miam, servez-vous, vous avez mal ? voilà, vous appuyez ici, c'est facile, attention ! là vous appuyez trop, il y en a plus, c'est pas permis d'être coquine comme ça.

Je connais les endroits où se cacher. J'ai repéré les patients irréductibles, confits dans leur maladie, intraitables. Celui qui n'a plus rien à perdre, alors pourquoi arrêter les fix maintenant, son dealer le ravitaille deux fois par semaine, il me salue toujours, il m'appelle ma nénette, comment ça va ma nénette, une fois il m'a même proposé un plan Subutex que j'ai décliné aussi sec mais c'était gentil. Je connais la visiteuse qui pleure, elle vient, enlève son manteau, dénoue son foulard, s'assied, inspire bien fort, à mon avis elle compte jusqu'à trois, elle se met à pleurer et, quand elle a bien pleuré, elle regarde sa montre, renifle, se mouche à petits coups brefs et s'en va en lançant un bonsoir glacial et snob auquel personne ne répond. Je connais, car il y en a aussi, ceux qui ont aussi peur de guérir que de mourir. Je détecte à la seconde ceux qui ont tout compris mais prolongent le moment de se sentir mourir.

Et puis, il y a maman. Enfin, pour moi c'est maman, pour les infirmières et les autres c'est juste la malade de la 23. Parfois, j'en ai marre de la 23. J'en peux plus. J'étouffe. Alors je déambule dans les couloirs. Je donne des coups de fil en cachette.

Je rêve. J'essaie de penser à autre chose. À l'hôpital, on montre tout ce qu'ailleurs on cache. Le pipi, le caca, les viscères, on ne parle que de ce dont moi je ne parle jamais, question de principe, et de tabou, et de pudeur, et de névrose. Ici on n'a pas de ces embarras, c'est fou comme je m'y suis faite, maman comment était ton petit caca ce matin ? Mais de temps en temps je craque. Et alors, oui, je vais dans le couloir, et je guette le docteur Lippi ou, sinon, l'infirmière en chef. Une fois par semaine, j'arrive à la coincer. Et, une fois sur deux, elle me dit alors votre papi va mieux, ou votre sœur faut qu'elle arrête de fumer, ou vous cherchez quelqu'un mademoiselle. Au début je rectifiais. C'est ma mère, je disais. Vous savez bien, ma mère, la jeune malade de la 23. Mais j'ai fini par renoncer. Et, aujourd'hui, je me contente d'un sourire timide ou d'un hochement de tête conciliant.

L'étage de maman, c'est l'étage de ceux qui vont bientôt mourir. Mais c'est une erreur, n'est-ce pas ? Si maman est là c'est bien parce qu'il n'y avait pas de place ailleurs ? Depuis la chambre de maman, on entend l'agonie des autres. Leurs râles. Les pleurs des proches. Leurs plaintes. Pas nous. Nous on n'est que de passage. Nous, quand maman est réveillée, de plus en plus rarement mais quand même ça lui arrive, on plaisante, on chantonne, on essaie de retrouver nos vieilles blagues et parfois on y parvient. Maman sortira bientôt. Maman n'est là que pour être soignée. Si Maman est là c'est juste qu'il n'y avait plus de place en hôpital de jour. Et puis l'autre étage n'était pas confortable, elle est mieux dans une vraie chambre avec un vrai lit, et quelle chambre ! et si belle ! et si spacieuse ! et décorée par le grand décorateur Truc Bidule ! vous serez tellement mieux là, madame Doutreluigne !

Quand le gentil docteur Lippi l'appelle comme ça, c'est rien, c'est juste son nom, mais c'est vrai que ça fait un bien fou, elle se sent considérée, alors bien sûr ça l'embête toute cette attention, ça la gêne, peut-être qu'elle prend la place de quelqu'un d'autre, quelqu'un de gravement malade, quelqu'un qui aurait bien mérité ce lit, cette chambre, ce confort, quelqu'un qui attend depuis des mois alors qu'elle, vlan, un passe-droit, elle déteste les passe-droits, elle a lutté toute sa vie pour qu'il n'y ait de passe-droits pour personne, on pourrait parfaitement la mettre dans un coin, elle n'a pas besoin de grand-chose, peut-être un verre d'eau de temps en temps ça oui d'accord, mais depuis quand est-ce qu'on fait tant de foin pour une ascite ? Je ne sais pas quand elle a fini par comprendre que tout était fini.

12

Haptonomiste ce matin avec Pablo. Une sorte de hippie trop gentille pour l'être vraiment. Est-ce que c'est possible d'aimer tout le monde d'emblée, et pour toujours, comme elle le prétend ? Tout de suite, moi, elle m'énerve. Pablo, lui, a carrément son regard buté, comme quand il se méfie. Mais voilà. On nous a dit tant de bien de l'haptonomie, on nous a tellement expliqué que c'était important d'apprendre à lui parler, à la toucher, à bien communiquer avec elle dès le troisième mois, on nous a tellement pris la tête avec ces histoires de vie prénatale, de communication par la peau, les muscles, les cartilages, allô petite Angèle ? tu es là ? les organes parlent aux organes, on nous a dit que rien qu'en faisant glisser la main sur la peau du ventre de la mère on arrive à sentir le futur enfant, à la faire rire, souffler, palpiter, à la voir venir à un bout de l'utérus, pardon, on ne dit plus utérus en haptonomie, on dit giron, oui, c'est beaucoup plus chic giron, ça fait union de l'âme et du corps, ça rend toute leur dignité aux membranes et, à travers les membranes, à l'embryon, on retient un fou rire quand l'haptonomiste hippie nous fait le coup de la dignité des membranes, mais elle ne rit pas du tout, elle, ça a l'air tout ce qu'il y a de plus sérieux, vous faites glisser la main du papa sur le ventre de la maman, comme ça, oui, bravo, et vous allez voir le fœtus qui glisse d'un bout du giron à l'autre, c'est sa première petite gym, ça s'appelle la méthode hula hoop et c'est votre premier dialogue avec votre enfant – bref, on nous a tellement cassé les oreilles avec tout ça et, en plus, on se sent tellement coupables depuis l'affaire des chupitos, on ne s'en est plus parlé depuis le jour de l'écho, on n'a pas osé s'en reparler, mais on pense tous les deux pareil, on pense qu'on a eu chaud, qu'on est passés tout près de la catastrophe et qu'on n'aura pas assez de toute la grossesse pour essayer de se rattraper, on est tellement mal qu'on a décidé d'y croire, on est super-bon public, on veut tout bien faire pour notre fille qui souffrira peut-être du syndrome de sevrage alcoolique fœtal, et c'est pour ça qu'on est là.

Quelle est la genèse de la conception, commence par demander la dame qui doit trouver qu'on s'y prend quand même un peu tôt ? Elle est gonflée je me dis, butée moi aussi, énervée, et ne sachant franchement pas quoi lui répondre. Mais elle insiste : c'est important la genèse, la conception, très important, car c'est de ça que tout dépend, soit la méthode hula hoop, soit… Je ne sais pas ce qui me prend. Mais je me dis tant qu'à faire allons-y, me fait pas peur, cette gourou. Et je me mets à tout lui raconter, voix blanche, débit de mitraillette, une véritable grêle de mots : maman malade, maman qui meurt, Rome, mes mensonges, le fait que je n'ai encore osé lui parler de rien, la fête, les chupitos, surtout les chupitos, ces maudits chupitos, d'accord l'échographie ne montre rien, mais est-ce que les échographies sont fiables à ce stade-là ? les faits je me dis, juste les faits, ne pas mettre d'émotion, rester clinique, purement clinique, mais je sens les larmes qui montent, montent, quelle honte, devant cette dame, cette inconnue, devant Pablo tout gêné face à la dame et qui déteste le scandale la sensiblerie les femmes hystériques, ça y est, les vannes sont ouvertes, je parle avec de gros hoquets, je ne peux plus m'arrêter de pleurer, Pablo me prend par les épaules, me chuchote quelque chose que je ne comprends pas, c'est peut-être du portugais, mais c'est pas grave, ça a l'air gentil, il n'a pas l'air fâché du tout et la dame, le premier étonnement passé, n'a pas l'air plus décontenancé que ça, elle doit être habituée, ce pathos qu'elle met dans sa voix juste pour dire asseyez-vous, elle doit rechercher ça, d'ailleurs elle me tend un mouchoir, elle avait une boîte de Kleenex à portée de main, c'est dire.

Vous lui avez expliqué, elle demande d'une voix cauteleuse ?

– À qui, je lui réponds ? à maman ? non, non, je vous dis, j'ai l'impression que je la tuerais ou que ce serait prendre acte de…

– Non, à votre fille, c'est à votre fille que je pense, est-ce que vous lui avez dit ?

– Ah ben non, en fait, je ne parle pas trop à mon ventre…

Regards en coin, envie de rigoler, bravo chérie semble me dire Pablo qui, lui aussi, a repris du poil de la bête, peut-être que ça lui a fait du bien que je pleure, même devant quelqu'un.

– Il faut lui dire, reprend la dame, très pédagogue.

– Quoi ?

– Que ce n'est pas contre elle, pas contre votre petite fille, qu'elle n'a rien à voir avec votre stress ou avec votre tristesse, que vous êtes triste parce que votre mère, donc sa grand-mère, est très malade, faut pas garder les mots dans la gorge et dans le ventre, tenez, prenez un autre mouchoir.

Ma fille, alors, bouge dans mon ventre. Ce sont des petits coups de pied, ou de poing, comment savoir. Je me dis que c'est un signe. Et qu'elle sera myope, sûrement, elle aussi.

13

J'arrive du monde des vivants, j'ai de la pluie accrochée aux cils, j'embrasse maman, elle est brûlante. Ce qui me trouble, ce n'est pas son visage émacié, méconnaissable, c'est son odeur : avant, elle avait un parfum qui changeait à mesure que l'on s'approchait, c'était comme un petit secret ; maintenant, elle a une odeur.

Elle a les yeux fermés, quand j'entre dans la chambre. Et c'est terrible. D'abord j'ai l'impression qu'elle les ferme exprès, pour me gronder, pour me punir, tu n'es pas venue hier, tu m'as laissée toute seule, tu m'as menti, tu ne me parles de rien, mauvaise fille. Ensuite j'ai l'impression, et c'est pire, qu'elle me voit à travers ses paupières, qu'elle m'observe, qu'elle sait tout, qu'elle a tout compris et qu'elle s'amuse de cette idiote de fille qui la prend pour une idiote. Et moi je ne dis rien, je me bloque encore plus, je toussote sur ma chaise, je joue avec mes cigarettes, je la regarde sans la regarder, des fois qu'elle me regarde aussi.

Maman, sur son lit d'hôpital, dans cette chambre pleine de larmes qu'elle n'a plus la force de me cacher, c'était son dernier réflexe de maman normale, mais c'est fini, ce n'est déjà plus maman, ce n'est même plus vraiment des larmes, c'est l'hôte du cancer, ce corps déjà tombeau dont se nourrit la bête, ce grand hôtel où s'invitent les cellules folles et narcissiques qui se reproduisent à une vitesse dingue et annexent les chambres voisines, et colonisent les bâtiments lointains.

Envie de vomir. Mais est-ce à cause de mon état ou du sien ? Ça y est, elle se réveille. Dans ses yeux brillants, pleins de fièvre et d'amour, dans ses yeux bleus, si délavés, passés, dilués qu'ils en sont presque blancs, mais ce sont toujours ses yeux, elle n'en a jamais changé, son autre secret, sa signature, dans ses yeux donc, il y a l'attente, l'ennui, le goutte-à-goutte de la mort, un peu d'effroi mais pas trop, peut-être qu'arrive le moment où on est trop épuisé pour comprendre et qu'on a moins peur de sa mort que de la mort des autres, qui sait ? Elle ne dit rien. Elle me sourit, mais elle ne dit rien. Et je le prends, ce sourire, comme si c'était la vérité.

Cette candeur, dans ce visage qui n'est déjà plus son visage, qui n'est plus un visage, qui est un masque. Elle doit savoir. Elle ne peut pas ne pas savoir. Chaque regard est si intense. Une torche. Un doigt pointé, insolent, frondeur, vivant. Je n'ose plus lui parler de rien. Je n'ai pas la force non plus de lui mentir davantage. Je cherche quelque chose de drôle à dire. Maman disait toujours que je suis drôle. C'était notre langue commune, avant, le rire. C'est le pont qui nous rapprochait quand on restait des jours, ou des semaines, sans se voir. Là je ne trouve rien de drôle à dire. Je me sens sale. Et sotte. Et pas drôle.

Ce qui est terrible, ce n'est pas d'être malade, c'est d'être malade et seule.

Ce qui est terrible, ce n'est pas d'être en train de mourir, c'est d'être abandonnée.

Ce qui est horrible c'est d'avoir une fille partie non pas en Belgique présenter son livre tu comprends maman, oui ma chérie je comprends travaille bien c'est important, mais à Rome, avec son amoureux tout frais.

Ce qui est monstrueux c'est que j'aie zappé maman en faisant un enfant.

Pour guérir d'un cancer il faut de l'amour. Maman est malade, elle est seule, et elle n'a pas assez d'amour.

14

Nouvelle échographie. J'avais l'impression qu'elle ne grandissait plus. Ça arrive, il paraît. Anémie, tabagisme, réseau périnatal déficient, diminution des échanges fœto-maternels, infection CMV, hématome rétroplacentaire, abus de médicaments sauf le paracétamol mais c'est le seul que je ne prends pas, et voilà, c'est fini, hypotrophie crânienne, souffrance fœtale chronique et arrêt de la croissance. Il faut vous reposer, madame, me dit le gentil médecin. Il faut vous calmer, aller au cinéma, au spectacle, vous aimez aller au spectacle ? Tout le monde aime ça, je me dis. Il est con, ce type. Je ne sens plus le cœur de mon bébé battre et il veut m'envoyer au cirque. Qu'est-ce que j'en ai à faire, moi, d'un numéro d'équilibriste ? Si, si, il insiste, comme s'il lisait dans mes pensées. Faut vous changer les idées. Vous distraire. Arrêter de voir votre grossesse comme le tic-tac d'une horloge déréglée. Bon, je dis. Je ne suis jamais allée au cirque. Donc je laisse Pablo choisir un cirque et m'y emmener. Je me sens nulle, avec tous ces enfants. Je hais les enfants, d'abord. Ils crient, ils ont chaud, ils mangent des barbes à papa géantes, qu'est-ce qu'on fait là, en quoi ce serait bon pour la croissance de mon enfant de voir tous ces enfants débiles ? Et puis je pense à maman, là-bas, sur son lit d'hôpital. Je pense à maman allongée, face à moi, mais qui n'est déjà plus là. Ce n'est déjà plus maman, et elle est déjà ailleurs. Ce n'est plus elle, cette peau si blanche, cette blancheur de drap, de voilier, de ciel, cette blancheur inhumaine. Je pense à elle qui meurt à mesure que mon ventre grossit. Est-ce que c'est lié ? Dans quelle mesure ? Qu'est-ce que l'une prend à l'autre ? Moi qui suis si vivante, doublement vivante en quelque sorte, moi qui la nargue avec cette deuxième vie, obscène, évidente, j'ai beau prier pour qu'elle reste en vie au moins le temps de la naissance, je sais que c'est moi qui lui prends ce qui lui reste de vie. Et je pleure.

15

C'était couru. Cette manie d'être coupable de tout, Rome, la feria, mes soirées avec Pablo et, maintenant, ce bébé que je porte au lieu de m'occuper d'elle comme il faut. J'ai trop attendu et je crois qu'elle ne m'a pas entendue. Tu sais quoi, maman, j'ai dit en prenant bien mon courage à deux mains ? Tu sais la nouvelle ? Je suis enceinte, et c'est une fille, et j'ai l'impression qu'elle te ressemble. Maman a ouvert les yeux. Elle m'a regardée bien fixement. Elle a fait un effort surhumain pour se redresser car elle a dû sentir que c'était quand même important. Mais elle n'a plus assez de force, et elle ne m'a pas entendue, ou peut-être qu'elle ne m'a juste pas crue, je mens tellement.

16

Je me déteste mais je dois me lever. Mettre un jean sur ces jambes qui voudraient danser. Un tee-shirt sur ces seins jeunes et gonflés. Peigner mes cheveux. Poser mes lentilles. Regarder mon ventre dans la glace. C'est encore léger, ça ne se voit pas, un renflement si on observe bien, une excroissance, comme une tumeur, tiens voilà, c'est ma tumeur à moi, pardon maman, pardon d'être tellement en vie, tellement fertile, je mets de grandes chemises de bûcheron, des jeans de Pablo, le bébé est bien caché dans mon ventre mais je cache quand même mon ventre, les joues en revanche sont pleines, on ne peut rien faire contre les joues, elles me donnent l'air en bonne santé, on ne voit presque plus les cernes, j'ai honte aussi de ça, c'est comme une insulte, une méchanceté de plus, je suis hébétée de chagrin et mon corps a l'air tellement heureux, c'est sûrement ça qui me donne si mal au cœur.

Maman pas malade me manque. Maman à qui

parler. Maman avec qui rigoler. Maman avec qui affiner ma théorie des prénoms, et ma science des hématomes rétroplacentaires, et si c'est pas trop tard d'arrêter maintenant de fumer, et de boire, et de prendre des avions qui servent à rien. Ce n'est plus vraiment maman, cette chose, là, reliée à ces tuyaux. Cette maman qui ne sort plus de son lit. Qui bave ses repas. Qui avale ses bridges. Qui chie dans ses draps. Mais qui est vivante. Encore. Quand même. Être vivante, maintenant, pour maman, ce n'est plus aimer, ce n'est plus mentir, rire, faire l'amour, écouter sa petite Louise lui raconter ses petites histoires, c'est juste respirer, essayer de trouver de l'air entre deux tuyaux, entre deux quintes, être vivante c'est chercher de l'air, ne pas le trouver, se faire aider, souffrir, ou peut-être même pas, qui sait ? Combien de temps peut-on vivre cette vie-là ? Combien de temps on peut tenir ? Je retiens ma respiration moi aussi, solidarité, c'est tout ce que je peux faire, je suis comme les maris aux séances de préparation à l'accouchement, expirez monsieur, expirez, gonflez bien les poumons, voilà, merci, je pense aussi à Pépé, dans *Astérix*, qui retient sa respiration quand il fait un caprice, je suis solidaire, j'ai envie d'une cigarette.

Je ne vais plus à l'hôpital en sautillant. Je prends le bus maintenant, place assise, effondrée, priorité aux femmes dont la mère agonise. Je sais qu'elle va mourir, je sais que c'est la fin, que tout ça ne sert plus à rien, que c'est l'heure des comptes, des

74

bilans, des derniers aveux, des adieux. Je sais qu'il est temps de dire les choses, avant qu'elle n'entende plus du tout et d'ailleurs est-ce qu'elle entend encore ? Je sais qu'elle mourant et moi la veillant c'est la dernière chose qu'on fera ensemble. Je sais tout cela mais je ne parle pas. Car pour dire quoi ? La prévenir ? Lui dire tu vas partir ? en voyage ? pour une destination inconnue ? personne ne sait où, mais ça va être bien ? et ça va être bien parce que, déjà, tu n'auras plus mal ? Je ne dis rien de tout cela, bien sûr. Je ne lui parle même plus de mon bébé, à quoi bon. Et je pleure, je pleure, je ne sais rien faire d'autre que pleurer. Maman déteste être seule, en plus. Elle va le faire toute seule ce voyage, et ça lui a toujours fait si peur d'être seule. Sa nuque d'oiseau pelé. Ses derniers cheveux collés par la sueur ou en broussaille. Ces grognements. Ces petits cris. Cette haleine d'angine qui envahit la chambre. Et, parfois, quand elle se redresse, cet air d'effroi et de surprise.

Et puis quels sont les mots qui soulagent ? Est-ce qu'ils existent même ? Et où ? Peut-être si je croyais en Dieu. Mais je ne sais pas si je crois en Dieu. On n'en a jamais parlé, maman et moi, de Dieu. On a si peu parlé, au fond. Alors, à plus forte raison, de Dieu. Je suis à genoux près de son lit, elle a fermé les yeux, je ne sais pas si elle m'entend, je ne sais pas si elle sait que je suis là, peut-être qu'elle-même, à certains moments, n'est déjà plus là, j'ai envie de crier, hurler, j'ai envie de lui dire j'ai besoin de toi maman, tu ne peux pas partir maintenant, tu ne peux pas me laisser comme ça, c'est dégueulasse, mon enfant qui va naître, comment pourrais-tu ne pas être là, comme toutes les mères, comme toutes les grand-mères, tu serais une si jeune grand-mère, si jolie, tu te rends compte, toi, grand-mère ? est-ce que ça n'a pas l'air d'une farce ? est-ce que ce n'est pas gai ? Mais je ne dis pas cela non plus, je dis à tout à l'heure maman chérie, parce que ç'a toujours été notre phrase à tout à l'heure, et je me redresse, et je vois une larme qui perle sur son cerne, une larme ! elle m'a entendue, c'est merveilleux, et puis je comprends que non, c'est une de mes larmes à moi qui a roulé sur son visage quand j'ai essayé de la coiffer, mais peut-être pas au fond, on ne peut pas savoir, on ne saura jamais.

Je lui tiens les mains, ses mains si petites, tellement pas comme les miennes, on se ressemble si peu finalement, ses mains si fines, si douces, elle en prend soin, elle a toujours pris soin de ses mains, même dans les derniers temps, même dans les années de galère, je me rappelle comment à la fin de son époque mannequin elle faisait encore mannequin mains, le reste commençait à se déglinguer, elle n'arrivait pas à se lever le matin et quand elle y arrivait elle se trouvait le visage gonflé, mais il lui restait les mains et elles étaient, ses mains, la prunelle de ses yeux, sa fierté, son dernier vrai gagne-pain, même son cancer elle l'a bichonné, elle s'en est occupée comme d'un nouvel enfant, c'est le nouvel enfant qu'elle n'a pas eu, elle l'a traité exactement comme elle m'a traitée, avec désinvolture d'abord, insouciance, youpi tralala, tout va bien, et puis ensuite avec sérieux, méticulosité, patience, dévouement, c'est ce qu'elle avait de plus précieux, ses cicatrices qu'elle massait c'était devenu ce qu'elle avait de plus cher au monde avec moi, et avec ses mains, moi je suis une catastrophe, je ne me suis jamais mis de vernis, je m'arrache les ongles au lieu de les couper, mon premier petit ami m'a dit un jour oh là là mais on dirait des haricots secs tes doigts, juste le contraire de maman et de ses mains de fée.

Et en même temps... Je serre sa main dans la mienne et, en regardant mieux, je m'aperçois qu'elle a vieilli, elle est sèche elle aussi, elle est toute tachée, on dirait des groseilles écrasées, j'ai envie de relier les petites taches entre elles pour mieux voir le dessin qu'elles font, c'est comme dans les cahiers-jeux de mon enfance, elle m'achetait *Super Picsou Géant* le week-end quand je venais chez elle, elle me l'a acheté jusqu'à seize ans, je n'osais pas lui dire maman je lis *Le Nouvel Obs* maintenant, *Le Monde*, je prépare Sciences Po, alors je disais merci, merci, je disais merci pour tout de toute façon, c'était comme un tic, ou une manie, tantôt je m'excusais tantôt je disais merci.

Une fois, au Rostand, un samedi, je l'ai retrouvée après l'école, j'avais juste sept ans à l'époque, peut-être huit, elle feuilletait un magazine de cul, je ne sais pas qui elle voulait provoquer, peut-être moi d'ailleurs, elle me disait regarde comme elles sont moches ces bottes, la fille en photo avait les jambes écartées, elle était nue avec des bottes, c'est vrai qu'elles étaient moches mais ce n'était pas tout à fait le sujet, j'étais assise avec mon *Picsou*, je devais être cramoisie et j'espérais juste que personne ne faisait trop attention à nous, sauf qu'en face une dame a demandé l'addition en nous fixant d'un air dégoûté et que le serveur a commencé à draguer maman qui prenait l'air de rien, et laissait dire, et sirotait sa bière sans le regarder, et tournait les pages, et riait.

Je lui tiens la main, ses ongles sont blancs, coupés net, ils contrastent avec les taches noires ou bleu foncé, les doigts sont légèrement enflés, le fleuve bleu souterrain des veines coule à fleur de peau, ma petite maman si coquette, toujours prête pour le baisemain, c'est elle maintenant qui dans son semi-coma cherche le contact de ma main, et c'est mon tour d'avoir le méchant réflexe de la retirer, et mon tour aussi d'acheter de la bière, je n'apporte plus de fleurs car ça me tourne la tête et je me dis que ça doit la lui tourner aussi, je lui apporte des bières, je sais que c'est une idée idiote, cette canette bête entre nous qu'aucune de nous n'a le droit de boire, j'aurais très bien pu lui apporter quand même des fleurs, d'autant que l'odeur de la bière me révulse mais ça me fait souffrir un peu avec elle, c'est tellement infect le goût de la bière, j'avale une minigorgée, comme un médicament, et mon futur bébé avec moi, ça aussi c'est de la solidarité, on est avec toi maman, on est ensemble tu vois, et c'est comme un baiser amer.

Je lui lis des livres. Elle ne peut plus lire, elle ne

peut plus parler, mais peut-être qu'elle peut encore écouter, je suis tes yeux, maman, je suis ta bouche, je lis à haute voix pour toi. C'est Murakami Ryû, tu te souviens ? Tu aimes ? Au bout d'un moment elle cligne des yeux, peut-être qu'elle aime, peut-être qu'elle en a marre, peut-être que c'est juste une manière de dire tiens, Louise est là, ou peut-être que ce n'est rien du tout, que ses yeux ne regardent rien, que ce sont des yeux sans regard et que ça fait une heure que je lis dans le vide. Et puis, je suis si vaniteuse. Tous ces magazines qui parlent de mon livre et que j'ai posés sur la table de nuit. Ça va lui faire du bien, je me suis dit. Elle va être fière de sa fille. Mais même pour les magazines elle ne s'est pas manifestée. Et je m'en sers juste pour l'éventer parce qu'il fait tout à coup très chaud. Et aussi pour écraser une mouche venue rôder en éclaireur autour de maman endormie.

Parfois, quand par miracle elle se réveille, j'essaie de la forcer à manger. Parce que sinon elle ne mange pas. Elle se nourrit de salive et de larmes. Alors je lui donne la becquée. Je m'entraîne, je me dis, pour le bébé. Sauf que maman n'est pas sage du tout. Elle garde les dents serrées après chaque bouchée. Elle refuse d'avaler. Elle me regarde avec défi. Elle retrouve l'air d'enfant rebelle qu'elle a sur cette photo noir et blanc qu'a toujours conservée papa, mèche folle, menton levé, éclat des yeux, on devine une blouse grise de petite paysanne en attente de la grande vie, une assurance de démon, le goût du risque et celui de la vérité, une colère obscure et rieuse, si les photos pouvaient parler, elle parle celle-là, elle dit la fureur d'une vie partie pour l'éternité. Peut-être qu'elle me prend pour sa mère, après tout. Elle laisse couler le liquide marron sur son menton, en petits jets, ou en points d'exclamation. J'ai drôlement envie de m'énerver, je ne m'énerve pas.

Et puis il y a les moments où je n'en peux plus de cette maman qui n'en finit pas de mourir. D'ailleurs qu'est-ce qu'elle a encore de maman, cette chose, cette forme ? Le cancer a pris sa place, l'a bouffée de l'intérieur, elle répond de moins en moins quand je lui caresse la main, elle ne frémit presque plus quand je lui éponge le front, j'ai l'impression qu'elle est dans un train, que je lui fais de grands au revoir depuis le quai, mais qu'elle ne me voit plus que de très loin. Faudrait l'aider à mourir, je me dis dans ces moments. Parce qu'elle n'en peut plus. Parce que je ne vis plus. Elle ne peut pas rester entre vie et mort, comme ça, c'est trop horrible. Papa a parlé aux médecins, il me semble, pour qu'ils cessent de s'acharner, pour qu'ils augmentent un peu la morphine, qu'ils aillent jusqu'à la dose létale, tellement ça dure, tellement c'est dur, ces hurlements dans ce qui n'est même plus du sommeil, cette douleur qui force le barrage du coma, cette main raide et qui ne sue plus, ces regards de bête empoisonnée. Mais il n'en est pas question. Pas le droit. Interdit. Sont pas là pour ça, les médecins. Veulent garder les mains propres, n'est-ce pas.

Alors on attend. On assiste juste à l'agonie. Mais

papa ne renonce pas. Je le vois comploter avec le gentil médecin, dans le couloir, il est inquiet pour moi, maintenant, pour maman ça ne sert plus à rien, mais il a peur pour moi, dans mon état, l'autre vie dans mon ventre, il complote comme au lycée Montaigne, avec ma prof d'allemand, celle qui ne voulait pas me laisser passer en première, j'étais trop nulle, c'était ma première langue mais j'avais complètement décroché, à part la pub Kinder que je récitais à toute vitesse pour faire marrer les copines je ne savais rien dire, pas un mot, enfin pas une phrase, j'avais l'air de le faire exprès tellement j'étais mauvaise, mais il n'avait pas réussi à la faire changer d'avis et il était rentré à la maison furieux, allez Louise, laisse tomber, c'est une frustrée, une mal baisée, on va te changer de lycée, tant pis pour elle : là aussi je le vois revenir, mais pas exactement furieux, les yeux brûlants, ne disant rien, il approche une chaise du lit, il a des allergies géantes qui lui mangent le visage, il joint les mains et se jette la tête dedans, comme on plonge, comme une prière.

17

Après la première opération, après la première année de chimio et la radiothérapie, et avant docteur Toubib, maman est entrée dans une phase de rémission. On est parties sur l'île de Houat, en Bretagne. Elle y avait un amoureux. Il était marin. Il s'appelait Gildas, ou peut-être Gilbert, il avait des petites mains calleuses, il parlait peu, il était mystérieux, maman le rejoignait parfois chez lui, je l'y encourageais, peut-être qu'ils flirtaient, peut-être qu'un seul sein ça ne le gênait pas, et le reste du temps on le passait toutes les deux, comme pour son premier cancer, il y a dix ans, en Irlande, elle avait décidé qu'elle était guérie, elle s'était réveillée un matin en disant ça y est, l'air pur a tué la maladie, je n'ai plus aucun signe, je me porte comme un charme, et zou, elle avait jeté ses médicaments, aux chiottes les médocs, les médecins sont des idiots, elle avait fait pareil pour son bachot, elle trouvait que l'examinateur avait une gueule de raie, alors en plein exposé elle s'était tournée vers papa qui attendait sagement au fond de la salle et faisait semblant d'être un bon élève qui se familiarise avec les lieux, et elle lui avait crié allez, viens, ça suffit la comédie, on part en Italie.

C'est vrai que je n'ai rien dit quand elle a refait le coup avec la maladie. Peut-être même que j'ai approuvé, et que j'ai pensé qu'elle avait raison, elle était si belle de nouveau, si saine redevenue, plus saine même qu'avant, comme une horloge à l'envers, franchement je ne sais plus. Ce que je ne savais pas c'est qu'arrêter le traitement comme ça, du jour au lendemain, sur un coup de tête, c'est la dernière chose à faire avec cette maladie, le meilleur moyen qu'elle reste là, embusquée, à bien recharger ses accus, à se refaire une santé, et le jour où elle est gonflée à bloc, où elle reprend bien son élan et vous ressaute à la gorge, il n'y a plus rien à faire, plus de quartier, c'est la foudre.

On est donc sur l'île de Houat. Le matin, maman marche consciencieusement dans l'eau glacée, immergée jusqu'aux cuisses, parfois jusqu'au ventre, ce bon froid qui la saisit, il faut aussi penser à arroser le haut du corps pour que le gros bras ait sa dose de bon iode, de bon sel, elle fait des allers et retours, sérieuse, méthodique, un turban sur la tête, le faux néné qui se déplace dans le maillot de bain et qu'elle remet en place, comme un épi. Je nage autour d'elle, petit requin, en cercles, pour la protéger du courant, des vagues, d'un malaise, des gens, des enfants surtout, elle n'a pas entendu mais il y en a deux qui la montrent du doigt et font des blagues atroces. Après, quand la peau est bien rougie, bien fouettée, c'est vrai qu'on se sent mieux et on s'allonge sur le sable, directement, pas besoin de serviette, on est bien, on plaisante, maman me dit la seule chose marrante quand tu es sous chimio c'est que les moustiques ne t'emmerdent plus, pas fous.

Parfois elle m'énerve. Quand elle me reproche de trop fumer. Ou de manger trop de graisses saturées. Ou de ne pas faire attention à ma peau quand je vais au soleil. Elle veut être une bonne mère. Une vraie mère. Mais c'est un peu tard, maman, tu ne crois pas ? Qui me préparait des bons repas, quand j'étais petite ? Qui me tartinait de crème solaire ? Et l'année de mes cinq ans, avant que papa ne découvre le pot aux roses et ne me reprenne, où étais-tu quand je me retrouvais seule, des week-ends entiers, rue Cassette, avec tes copines Maryse et Malika, camées à mort, jour et nuit sans sortir de leur lit, zéro ménage, zéro cuisine, je me faisais des tartines de sel, je jouais dans le noir, rideaux tirés, je tuais le temps, je téléphonais au hasard, bonjour madame, comment tu t'appelles monsieur, c'était si long ? Et ta copine Mina, savais-tu que ta copine Mina se servait de moi comme d'une petite mule, idéale, insoupçonnable, pour faire passer tu sais quoi quand je rentrais de Kuala Lumpur avec ma pancarte enfant non accompagné – et, si tu ne le savais pas, tu étais où ?

Souvent, en vieillissant, on veut redevenir enfant.

Maman, elle, veut redevenir maman. C'est comme ça. C'est un fait. Mais bon. Je ne dis rien. Je ne veux pas qu'on se dispute. Je suis contente. Si contente. Je me prends à espérer. J'y crois. Elle va guérir. Elle mange des moules à même les rochers, le soir, à marée basse. Quand il fait trop froid pour se baigner, on est en avril quand même, on ramasse des coquillages, elle pour les manger et moi seulement les vides et les plus jolis pour les rapporter à Paris. Je ramasse gaiement d'abord, puis frénétiquement, toute mon anxiété se porte sur ces foutus coquillages, ça m'obsède, j'en veux encore, et encore, j'arpente la plage avec mon panier, plus loin, de plus en plus loin, maman s'inquiète, t'étais où ? alors je lui montre mes trésors, on les met à sécher sur le rebord de la fenêtre, on s'endort en se racontant des mensonges auxquels on ne croit ni l'une ni l'autre, on est bien. Elle les a gardés, mes coquillages, dans des bocaux à confiture. Et ça lui ressemblait si peu que, quand elle est morte, je les ai ramenés à la maison et c'est Angèle qui, maintenant, joue avec.

On ne pensait pas à la mort, à Houat. Maman était tirée d'affaire, à Houat. Il faut consolider tout ça, elle disait. Il faut quelques séances de chimio supplémentaires, mais légères, en passant, puis un traitement homéomagique, une cure d'oligo-éléments, et commencera la phase de reconstruction. C'était son grand mot, la reconstruction. Et puis miraculée, aussi. N'est-ce pas ce qu'avait dit la dame toubib, huit mois tout juste avant sa mort, je ne vois plus rien sur la photo, plus d'ombre, plus de tumeur, vous êtes une miraculée, madame Doutreluigne, une vraie miraculée ? D'ailleurs, c'est bien simple. On avait prévu d'y retourner, à Houat, après l'été. Et pas à l'hôtel, cette fois. On aurait loué une maison, juste pour nous, comme deux qui ont la vie devant elles, une petite maison avec deux chambres, ou une chambre et un salon, il y en a même une qu'on aurait pu acheter, une maison à nous, face à la mer, pour être tranquilles et profiter de la guérison. On n'est jamais retournées à Houat. Quand on est rentrées à Paris, la maladie s'est jetée à nouveau sur maman, par surprise, comme un hacker. Et même là je n'y ai pas cru. Je pense, aujourd'hui, que maman, elle, a compris. Mais moi non. Le ciel ne pouvait pas mourir. Ni la lune. Ni maman. Si maman meurt, je me disais, alors c'est que les bateaux peuvent voler, les chats pleurer, les maisons chanter à tue-tête. Pas possible.

18

Martine, la maman de maman, je n'ose pas dire
ma grand-mère, je la connais si peu, elle m'impressionne, elles ont la même voix, maman et elle, la
même écriture, aussi, parfois je recevais des lettres,
des cartes de vœux, des joyeux Noël, je mettais des
jours à réaliser que ce n'était pas maman qui me les
avait envoyées, et j'étais si déçue, Martine, donc,
m'envoie des photos de maman. Maman n'a pas
toujours été maman. Maman a été cette petite fille
en robe blanche, le jour de sa première commu-
nion. Maman a été cette jeune fille indocile sous le
regard d'un christ, dans un pensionnat chic. Le
petit froncement de sourcil de maman, à huit ans,
frondeuse déjà, déjà je vous emmerde, déjà vous
allez voir ce que vous allez voir, elle est tout entière
dans ce froncement de sourcils, il la contient, il
l'exprime, son je ne suis pas d'accord, son je préfère pas, son refus de tout. Maman à douze ans, de
face, de profil, le regard clair, la bouche nette. Une

photo avec papa, en Inde, devant la façade déla-
brée d'un hôtel, il fait jour, il doit faire beau, elle a
un tee-shirt rose, un collier de coquillages autour
du cou qu'elle a dû se fabriquer, un sourire en coin,
un maintien fier, le chignon de petit clown qu'elle
se faisait quand elle était très gaie et qu'elle la jouait
antimannequin, mais on devine, à l'arrière-plan,
couchés à même le trottoir, dans un désordre de
sacs de couchage, de réchauds, peut-être d'ordures,
d'autres silhouettes, moins vaillantes, une cour des
miracles, des junkies. Une autre photo encore, avec
Alex, sur une barque, en noir et blanc, accalmie,
temps suspendu, elle semble heureuse, enfin. Je ne
sais pas qui est maman.

J'ai huit ans quand elle épouse Alex. Je suis dans
la voiture, à l'arrière. Ça te plairait d'avoir un petit
frère, elle me demande en me regardant dans le
rétroviseur ? J'ai déjà un petit frère, je pense.
D'accord c'est pas son fils à elle. D'accord c'est un
demi-frère. Mais ça veut dire quoi demi ? Qu'est-ce
que ça change puisque je l'adore ? Mais comme je
suis déjà une vilaine hypocrite, déjà rouée, déjà
l'habitude de ne pas froisser les gens, à court terme
pour avoir la paix, à long terme pour être aimée, je
réponds, d'une petite voix bien angélique, oh oui,
ça me ferait plaisir. J'entends alors Alex, au volant,
qui devait redouter ma réaction et qui, trop content,
m'explique tu verras, ça change si vite les premiers
mois, faudra tout noter dans un carnet, les premiers
sourires, les premiers mots, puis les premiers mensonges, et on fera des photos, et peut-être même un

film. Oh oui s'exclame maman, battant des mains, puis enlaçant l'épaule d'Alex, oh oui, on va le faire, ça va être si merveilleux, laisse-moi t'embrasser, j'aime t'embrasser quand tu conduis. Ce jour-là, dans la voiture, j'ai secrètement prié pour ne pas avoir d'autre petit frère. Un petit frère plus choyé que moi, plus aimé, avec des parents unis qui rigoleraient en préparant des petits déjeuners équilibrés et qui écouteraient béats des histoires stupides dont ils feraient des films ou des bouquins idiots ? Un petit frère qui allait appeler maman Maman ? J'ai prié très fort. Maman a fait une fausse couche. Puis une dépression. Puis son premier cancer du sein. Et je suis restée la seule à l'appeler Maman. Cet autre enfant qu'elle n'a pas eu, cette possibilité de se racheter, de tout recommencer à zéro, cette chance d'être une bonne mère : pas accordé, pas le droit, mère indigne à la vie à la mort. Faire un autre enfant, peut-être que c'était, pour elle, une manière de différer la mort, le long suicide qui allait suivre. Mais voilà. J'étais là. Et c'était non.

19

Ça y est, elle est morte. Je devrais être soulagée, mais je ne suis pas soulagée. Maman est morte. Pourquoi, alors, a-t-elle encore l'air d'avoir si mal ? Dehors, dans la cour, une femme a hurlé, et j'ai cru que c'était moi. Mais non, je n'ai pas hurlé, je n'ai rien dit, j'ai les mains jointes sur mon ventre, je ne pense à rien, je ne veux pas pleurer, je ne veux pas m'effondrer, j'attends que les gens arrivent, j'attends un moment décent pour sortir de cette chambre, je suis monstrueuse, je suis un maillon de la chaîne de la vie, ce remue-ménage dans mon ventre, maman est morte et je suis en train de devenir maman, je ne sais plus où j'en suis, je ne sais plus qui je suis, je suis sonnée, je me hais.

Je remonte le drap sur son visage, j'ai vu faire ça dans les films, parce qu'elle est morte la bouche ouverte sur une plainte qui n'est pas sortie, le corps arc-bouté, la gorge tendue vers ce cri monstrueux qui ne sortira jamais, qui s'est figé sur son visage et qui a glacé ses traits en une grimace atroce. C'était le cri de quoi ? de la délivrance ? de la peur ? de la douleur ? Son nom, Alice, je m'appelle Alice, j'ai eu l'impression, je ne sais pas pourquoi, que c'est ça qu'elle a essayé de dire ? Ou bien furieuse, juste furieuse, furieuse comme elle l'a toujours été, enragée, révoltée, car en train de comprendre qu'il n'y a rien, rien de rien, les bonnes sœurs du collège lui ont menti, et ses parents, et les gens du catéchisme ? Maman si sage, si concentrée, fleurs dans les cheveux, c'est une autre photo d'elle, même époque, même noir et blanc, petit démon qui fait l'ange, visage de vierge phosphorescente avec quand même cet air de dédain général, elle n'a jamais dû trop y croire d'accord, mais là elle en est sûre, cette grande lumière et puis le noir, peut-être même pas de lumière du tout, le noir tout de suite et puis rien. Je la garde en moi, cette plainte qui n'est pas sortie. Je me dis elle est à moi. C'est le dernier mot de maman. Il n'a plus que moi, ce mot. J'appelle papa. J'appelle Pablo. J'appelle Phil, Roch, Charles-Antoine, ses frères. J'appelle Alex. J'appelle tout mon répertoire. Maman est morte, maman est morte, maman est morte, ça n'a pas de sens, c'est juste des mots, le grand repos de ce qui est dit, ça au moins ça sort et je peux le dire – mais de quel droit ?

20

J'ai peu de souvenirs avec maman, finalement. Je l'ai beaucoup vue quand elle est tombée malade – mais avant ? C'est affreux, mais il m'arrive de me dire qu'elle est tombée malade pour qu'on se rapproche enfin.

Quand je venais chez elle et qu'elle n'était pas là et que je restais quand même un moment à essayer ses vêtements et ses crèmes son maquillage, à grignoter un biscuit, à rêver, à l'attendre, elle était contente des traces de ma venue, un chewing-gum dans le cendrier, un mégot près de la poubelle, des feutres pas rebouchés, des pulls en boule sur le lit, elle ne se fâchait pas.

Les choses que je volais pour elle. À papa. Aux femmes de papa. Dans les boutiques. Moi si timide, j'étais capable des ruses les plus folles pour piquer, dans un magasin ou chez papa, quelque chose qui lui ferait plaisir. Une robe. Du thé. Des fromages. Des draps brodés. Du maquillage. Ces boucles d'oreilles qu'elle a vues, qui sont si belles et qui doivent coûter si cher – tiens maman, cadeau. Du foie gras. Des blinis. De la vaisselle. Un livre rare. Les magazines. Au début elle faisait semblant d'être gênée, puis de se faire du souci, et si tu te fais prendre ? Puis elle a trouvé ça normal, elle n'a plus fait vraiment attention, je quittais l'appartement avec des sacs pleins de victuailles, de chapeaux, de robes, de peignoirs en crêpe, de kimonos, dont j'estimais qu'ils lui revenaient de droit et qu'ils lui iraient mieux qu'aux autres. On accuse les femmes de ménage, les voisins, les invités, le plombier, le jardinier, personne ne pense à moi, ou personne n'ose le dire de peur de froisser papa ou de le peiner. Je laisse faire. Je laisse dire. Je me sens coupable, bien sûr. Mais c'est un état dont j'ai l'habitude. Une culpabilité chasse l'autre. J'en ai besoin. Je ne m'en lasse pas.

Ce jour, chez moi, où elle me dit le micro-ondes c'est très nocif, mauvais pour la santé, pouah, dangereux. Je réponds oui oui, bien sûr, je suis au courant, mais elle connaît ce oui-oui, c'est le oui-oui de l'enfance, c'est le oui-oui-cause-toujours, c'est le oui-oui-laisse-moi-tranquille des enfants béni-oui-oui qui disent oui pour avoir la paix, pour pas se faire mal voir des adultes, pour continuer de faire les mêmes bêtises mais tranquilles, d'ailleurs je continue à m'en servir du micro-ondes, en douce, puis ostensiblement, c'est un peu tard maman, d'une part je suis déjà gravement intoxiquée, d'autre part c'est un peu tard pour t'occuper de moi, de ma santé, de mes soucis, de mon avenir. Mais elle est têtue. Elle me découpe des articles, des études sur le sujet, elle les met sur mon bureau, ou direct dans le micro-ondes, et comme je tiens bon, comme moi aussi je suis têtue, c'est une bataille sans fin, un bras de fer, un soir elle a même mis son sac à main dedans, soi-disant pour le faire sécher, mais le métal du fermoir a fait des étincelles, il a grésillé et paf, tout a explosé.

Quand maman commençait à parler elle ne s'arrêtait qu'en cas de force majeure. C'était un flot ininterrompu de considérations de tous ordres, un France Info déjanté, au bout d'un moment je ne prenais même plus la peine de répondre, puis je cessais d'écouter, ou d'entendre, exactement comme avec France Info. C'est comme ça que j'ai loupé un nombre incroyable d'informations – la mort d'un ami, la fuite d'un chat, un cambriolage chez son frère, une menace de tremblement de terre sur l'île de Houat, le retour du monocle chez ses grands-parents Doutreluigne et du marxisme chez les intellos, une inondation chez la voisine du dessus.

Maman, avant, était toujours impeccable. Elle pouvait déjeuner, aller au jardin, traverser une tempête, prendre un apéritif, se soûler – et rentrer chez elle le teint frais, la blouse parfaitement repassée, avec des paillettes sur les pommettes et même pas décoiffée. Moi, je suis obligée de changer de tee-shirt après mon café du matin.

Le dimanche soir, quand je reviens chez papa, je

sors de la voiture, je ne me retourne pas, je ne la regarde pas, je devine qu'elle pleure et ce pleur que je ne vois pas me tord le cœur toute la semaine.

Ce jour où j'ai vu, accolé à son nom sur la boîte aux lettres, le nom de quelqu'un d'autre.

– C'est qui, maman ?

– C'est Momo, mon mari.

– Ton quoi ?

– Mon mari. Il avait besoin de papiers, on s'est mariés, il a eu ses papiers.

– Et toi tu as eu quoi ?

– Moi ? Eh bien, un mari.

– Mais pour quoi faire ?

– Rien, bien sûr ; que veux-tu que je fasse d'un mari ?

– Mais, maman…

– De toute façon, on va très vite divorcer.

Maman n'a pas divorcé. Momo était content d'avoir eu ses papiers. Mais il était surtout content d'avoir connu maman. Il était peintre. Elle l'inspirait. Il voulait vivre avec elle, m'adopter, être vraiment son mari. Finalement, maman a dû lui donner plein d'argent (que j'ai volé à papa, comme d'habitude) pour qu'il nous laisse enfin tranquilles.

Maman était belle. Un jour, j'expliquerai ça à ma fille, la grande beauté de maman, cette beauté d'avant le cancer, cette beauté d'avant elle, Angèle, cette beauté qui excusait tout, qui rachetait tout, même le mal qu'elle me faisait.

Une fois, pendant les vacances, je lui ai demandé

de s'occuper de mes chats : elle a fait monter un clochard, l'a installé dans mon lit et lui a ouvert la cave à vin.

À l'époque où maman était belle, on se glissait des mots sous les portes ou sous les oreillers, c'était mieux que les textos, on pouvait les garder, je les ai gardés, un jour je les lui montrerai, tous ces mots, toute ces missives, avec leur abondante ponctuation, leurs soulignements, leur drôlerie. Je lui raconterai ce temps-là, à mon Angèle, je lui en produirai les signes – parce que, sinon, qu'est-ce qu'elle saura de moi, ma petite fille ?

Ce mot d'elle que je retrouve et qui fait ressurgir la scène oubliée. Ma fille, voilà l'objet, comme promis, sur ta table de nuit, *ta mère*. C'est la première et seule fois de sa vie qu'elle a signé *ta mère*. À cause de l'étrangeté de l'objet laissé sur la table de nuit ?

Avant, quand maman était belle, spectaculairement belle, j'avais tellement peur de devenir adulte que ça me faisait hurler, dans mon lit, la nuit, des hurlements silencieux, étouffés par mes poings et par mon oreiller, je savais qu'être adulte c'était faire avancer ses parents d'une case : et, un jour, le cancer – ça, bien sûr, je ne le savais pas, mais est-ce que je ne l'ai pas un peu deviné ?

Quand j'étais petite, mes copines me disaient ça doit être chouette d'avoir Maman pour maman, on doit pouvoir faire tout ce dont on a envie, se coucher à pas d'heure, s'habiller avec des grands tee-shirts, des perfectos et même des minisantiags, ne pas avoir à ranger sa chambre, ne pas avoir de chambre du tout si on veut, dormir dans le salon, s'endormir au son d'une guitare ou d'une conversation, ne pas aller à l'école si on est fatiguée ou si c'est maman qui l'est trop pour vous y emmener. Ça doit être bien d'avoir une maman comme ça, elles me disaient ! Ça doit être rigolo une maman qui oublie d'aller vous chercher à l'école, ou qui ne s'inquiète pas quand vous vous êtes perdue dans le quartier – c'est pas grave, tu as cinq ans, tu es grande et tu as toujours ton adresse autour du cou !

Eh bien, toute cette chouette liberté, la liberté de jouer avec les médocs, les seringues et le shit, la liberté de finir les verres d'alcool presque vides, et de découvrir l'ivresse, à six ans, la tête qui vous tourne, lourde, si lourde, et les adultes autour qui rigolent, Louise est bourrée, bouge pas Louise, on prend une photo de petite Louise, la liberté de manger ce qu'on veut quand on veut, du pain et des lychees, des Cracottes et des bonbons, ce qui traîne, la liberté d'avoir faim quand rien ne traîne mais de ne pas oser réclamer, la liberté d'entendre les bruits de l'amour dans la pièce à côté, la liberté de voir sa maman dans les bras d'un inconnu, ou d'une inconnue, la liberté de la voir s'allonger tout à coup sur le trottoir et se mettre à pleurer, comme ça, devant tout le monde, oh regarde ! est-ce que c'est pas original cette petite fille qui console sa maman couchée sur le trottoir ? la liberté d'être toute seule, oubliée à la sortie de l'école, ou à la maison parce qu'elle a rencontré un super-copain et qu'elle ne voit pas les heures passer, la liberté quand on s'endort de ne jamais être sûre à 100 % que sa mère sera là au réveil, la liberté d'attendre, de frémir, d'avoir le cœur qui bat, qui bat, et de rester enfant quand même, je la hais cette liberté, elle me fait peur, elle me fait horreur, je n'aime que les normes, les emplois du temps réglés au millimètre, les habitudes, se coucher parce qu'il est tard, s'alimenter parce qu'il est l'heure, aimer sa maman parce qu'elle est aimable, se faire gronder quand on a fait une bêtise, savoir ce qu'est une bêtise, oui, c'est ça que j'aime, c'est ça que je veux inculquer à ma fille – comment je vais faire ? comment je vais lui donner ce que je n'ai pas eu ? est-ce que je sais, même, comment ça aime une mère, comment ça élève, comment ça gronde, comment ça punit, comment ça fait faire des devoirs, comment ça console d'un bobo ? J'ai les livres. Juste les livres. Élever son enfant. Mon bébé en bonne santé. Trucs et astuces pour mère débutante. Un jeu par jour. La pâte à modeler et la psychanalyse. Tu ne laisseras point pleurer. Tout Dolto. J'aide mon enfant à s'épanouir. Comprendre et soigner son enfant. Des premiers pas à la maternelle. Ce qu'un enfant doit avoir. Les pères et les mères. Le guide de votre enfant de 3 à 6 ans. De 0 à 3 ans. Jeux musicaux et jeux d'intérieur. Petits tracas et gros soucis. Bébé, dis-moi qui tu es. Devenir mère. Guide pratique des parents. Le guide des mamans débutantes. Comment la parole vient aux enfants. Tout se joue avant 6 ans. La naissance d'une famille. L'enfant bien portant. Maman mode d'emploi. Bébé dort bien. Mon bébé pleure. Mais qu'est-ce qu'il a dans la tête ? Les filles et leur mère. Réponses de pédiatre. Mille astuces pour mieux comprendre votre enfant. Mais je les ai tous lus, ces livres. Et je ne suis pas tellement plus avancée.

21

Bon. Qu'est-ce qu'elle aurait voulu, ta mère, me demande papa ?

– Je ne sais pas. Ça ne m'intéresse pas.

– Comment, ça ne t'intéresse pas ?

– Crémation ou enterrement, c'est ça la question ? C'est atroce d'avoir le choix. Je déteste qu'on ait le choix.

– Écoute, Louise. Elle était catholique, oui ou non ?

– Ben oui.

– Alors, il faut un prêtre.

– Peut-être.

– Elle était pratiquante ?

– Je ne sais pas. Je ne crois pas.

– Alors il ne faut pas d'église. Mais un curé, oui, je crois. Ton Pablo, il connaît pas des curés ?

Oui, Pablo connaît des curés. Et même, ça tombe bien, des curés plutôt ouverts, sympas, qui auraient pu plaire à maman. Sauf que là, quand même, ils se méfient. Pourquoi seulement le cimetière ? Et pourquoi si vite, si pressés ? J'ose pas leur dire que maman était peut-être catholique mais que moi je suis juive et que c'est moi, là, qui décide, peut-être parce que je suis juive, peut-être juste parce que je veux me débarrasser de tout ça très vite. Alors comme ils veulent, eux, réfléchir, prendre leur temps, laisser passer le week-end, pourquoi pas la semaine tant qu'ils y sont, c'est papa qui en trouve un autre, plus moderne encore, moins regardant, qu'il a rencontré dans un débat à la télé et qu'on va voir dans son presbytère, près de la rue des Martyrs.

Attention, m'a prévenue papa. C'est pas un ami. Trop attardé du vieux gauchisme pour être mon ami. Mais ta mère l'aurait aimé. Défenseur des sans-papiers, toujours au premier rang dans les manifs, pour le mariage des prêtres et contre l'excommunication des gays, pour les pauvres et contre le pape, est-ce que c'était pas exactement la ligne Alice ?

Au début, c'est vrai que je suis impressionnée. Peut-être que c'est l'air qu'ont tous les prêtres, je ne sais pas, je ne suis pas experte. Mais je lui trouve un air loyal et bon qui me fait drôlement plaisir. Il écoute papa lui raconter maman, la vie de maman, la poésie de maman, l'extravagance de maman, son refus des codes, des normes, des lois de la société. Quand papa lui dit : on n'est pas toujours d'accord vous et moi, on s'est même assez souvent engueulés, il fait un gentil geste de la main – genre ça fait rien, oublions ces querelles dérisoires, ce qui compte c'est la défunte, le salut de l'âme de la défunte, est-ce qu'on n'est pas tous les enfants du Christ ? De temps en temps il hoche la tête, il ferme à demi les yeux, peut-être qu'il prie, peut-être qu'il approuve qu'on soit contre les lois de la société, peut-être qu'il pense juste très fort à maman pour bien s'imprégner de son portrait.

Et les amis, il demande brusquement, comme si ça y était et qu'il était bien imprégné ? Qui sont les amis de la défunte ? Oh, pas grand monde, juste des marginaux, répond papa qui n'oublie pas que c'est un prêtre super-progressiste et super-défenseur des petites gens. Des marginaux, des sans domicile fixe et sans-papiers. Car c'est ça, vous comprenez, qui était beau avec Alice. Cette fille de famille, cette descendante d'une famille vieille France, vivait entourée de gens sans le sou et qui... Bon, coupe le prêtre de nouveau impatient... Bon... Et puis ? À part les sans-le-sou ? Pas d'autres genres d'amis ? Oh dit papa, inquiet, car il s'aperçoit que le prêtre a les yeux levés vers le ciel maintenant, mais des yeux tout blancs, comme s'il allait s'endormir sur sa chaise... Oh, des gens de tous les milieux, bien sûr... Des artistes aussi... Des écrivains... Des intellectuels, des peintres, des journalistes... Ah, des journalistes, reprend le prêtre, tout à coup réveillé ? Des artistes ? Qui, par exemple, comme artistes, pour mieux comprendre la défunte ? Alors papa cite, il invente, j'en rajoute moi aussi des tonnes, oh mais il y a Untel, et Bidule, et Truc-muche, le prêtre est maintenant tout à fait d'accord pour enterrer maman.

105

C'est moi qui suis allée parler aux croque-morts. Et ç'a été mon tour de décrire maman, la grande beauté de maman, sa peau si délicate, son nez, sa bouche toujours rouge, toujours très dessinée, est-ce qu'on peut essayer de lui garder cette bouche-là, juste cette bouche-là, au moment de la toilette ? Mais là aussi catastrophe. Le jour de l'enterrement, en voulant revoir une dernière fois son beau visage et en soulevant un peu le drap, je fais un bond en arrière. Ils ont étiré son sourire vers les oreilles, comme *l'Homme qui rit* de Victor Hugo. Ils lui ont fabriqué un rictus de souffrance, une grimace, une bouche comme une blessure, qu'ils sont cons ! Et puis ils lui ont tartiné un fond de teint marron, sans doute pour lui donner bonne mine, ou pour cacher les hématomes qu'elle commençait d'avoir dans le bas du visage, mais c'est encore pire, je trouve, cette bonne mine de travelo. Pour ne pas que les gens la voient comme ça, et pour que moi-même je ne garde pas d'elle cette image affreuse, je remonte le drap sur les joues, très haut, en le fronçant juste un peu au milieu pour laisser dépasser un bout de nez, ils n'ont pas touché au nez.

Pour le cimetière, je me suis habillée en fille indigne. Comment on s'habille, de toute façon, quand on va à l'enterrement de sa mère ? Et comment on s'habille quand, en plus, on a ce ventre tendu, presque une sphère, un ballon, si lourd de ce futur bébé ? J'ai fermé mon jean avec un élastique. J'ai superposé deux tee-shirts AC/DC de Pablo parce que je ne rentrais plus dans les miens. Je savais, de toute manière, qu'il y aurait personne. Papa, bien sûr. Ceux de ses amis, mais il y en avait plus beaucoup, qui avaient connu maman dans sa jeunesse et sa gloire. Et puis les copains du Grand Hôtel de Clermont, les derniers amis de maman, bougons, mal attifés, avec des sacs en plastique en guise de sacs à main et des bottes de pluie en plein été, c'est pas eux qui allaient me faire des reproches sur ma tenue.

J'avais raison. Ils sont tous là. Ils sont tous venus à son dernier rendez-vous, les mousquetaires de maman, sa petite garde protectrice. Tiens, il y a un deuxième enterrement, s'est d'abord dit papa quand il les a vus arriver, une trentaine de pochards, très graves, très recueillis, certains se sont rasés, mais ils n'ont pas l'habitude et ils se sont fait des coupures énormes et qui saignent. C'est quand même fou, papa me dit à l'oreille, quel drôle de signe du destin, quelle coïncidence, ta mère sera enterrée le même jour qu'une soûlarde et si ça se trouve dans une tombe voisine ! Et puis quand les soûlards de la soûlarde s'approchent, quand il voit qu'ils nous suivent et qu'ils vont non seulement dans le même coin du cimetière, non seulement dans la même allée, mais au même endroit exactement, il comprend que ce n'est pas un autre enterrement, mais qu'ils sont venus pour elle, pour maman, et que c'est vraiment ses derniers amis.

Merci, disent les pochards à papa, certains en lui serrant la main, d'autres en l'embrassant comme du bon pain, d'autres en pleurant quelques secondes dans ses bras ou dans son cou. Merci vraiment. Merci de quoi, me demandera papa, après, dans la voiture ? Je pensais que tu avais compris, je lui réponds en n'arrivant pas à retenir un fou rire. Ils te remerciaient de les avoir rincés pendant des années. Ils te remerciaient parce que maman dépensait tous tes sous en tournées générales au Grand Hôtel de Clermont. Et ils te remerciaient aussi parce qu'ils aimaient maman et qu'ils savent que tu l'aimais aussi.

Celui qui n'a pas tellement ri c'est le prêtre. Il n'a pas trouvé ça drôle du tout cet enterrement de pauvresse sans les artistes qu'on lui avait annoncés. *Si capax, ego te absolvo a peccatis tuis in nomine Patris, et Filii et Spiritus Sancti, amen.* Il s'est pas foulé, du coup, pour le discours. Il a repris les mots de papa, presque ses intonations, peut-être qu'il nous a enregistrés à notre insu ? C'est comme le rabbin pour la circoncision de mon petit frère. Papa avait eu encore plus de mal à le trouver car tous les rabbins qu'il connaissait lui faisaient des difficultés, la mère de mon petit frère n'étant pas juive non plus. Alors il était allé voir un gentil rabbin, limite apostat, qui a accepté de fermer les yeux en pensant que ce serait la circoncision la plus chic de la saison. La déception quand il a vu débarquer les dix copains juifs de papa, pas spécialement chic, juste ses copains normaux.

Bref. En ce jour d'enterrement de ma mère, je ne ressens rien. Aucun trouble. Aucune tristesse. J'ai pris huit Prozac dans la voiture, une poignée, sans réfléchir, sans penser au bébé enfermé en moi, à l'abri de tout sauf de moi. Ça va me faire un pansement, je me suis dit. Ça va dissoudre le chagrin, cette chimie. Et puis, tout à coup, pendant le discours d'Alex, j'ai un haut-le-cœur et je vais vomir un filet de bile jaune sur la tombe d'à côté. Après, j'ai juste mal au ventre. Pas triste, non, mal au ventre. Est-ce que c'est d'avoir vomi ? Est-ce que c'est le bébé qui cogne ? Ou est-ce le corps de maman, son corps magnifique, que je connais par cœur, que je connais encore mieux que le mien, elle s'est toujours promenée nue devant moi, lavée devant moi, épilée devant moi, sans pudeur ? Est-ce que c'est le corps de maman qui cogne lui aussi en moi ?

Son corps dans la boîte, désormais. La boîte dans la terre. Ses pieds dressés, moqueurs, dans le cercueil. Ces chaussures à talons dorées, si chères pour moi à l'époque, que je lui avais offertes et qu'on avait choisies ensemble, à Saint-Germain. Ça au moins ça lui allait, les chaussures. Ses pieds n'avaient pas trop changé. Elle voulait des espadrilles. Quelle drôle d'idée, des espadrilles ! Il n'y a que les petites filles qui demandent des espadrilles ! Moi je voulais qu'elle ait envie de chaussures à talons, comme avant, comme quand elle était Alice la magnifique et que j'étais sa petite Louise. Et c'est moi qui ai gagné car elle a accepté d'avoir envie de chaussures à talons, comme avant. Est-ce qu'elle savait qu'elle serait enterrée avec ? Est-ce qu'on peut savoir des choses pareilles ? Est-ce qu'elle avait remarqué qu'avec ce talon bizarre, biscornu, trop haut, c'était tout sauf des chaussures de marche et de vie ?

Son corps dans la terre avec son kimono aux manches larges, pour cacher son gros bras. Elle mettait toujours des kimonos à la fin. Mais ils ne cachaient rien. On le voyait très bien quand même, son gros bras. Comment croire que c'était son bras, cette masse compacte, dure, un peu granuleuse ? Elle s'y était habituée. Elle s'en était accommodée. C'était comme un bras supplémentaire, elle le soignait, elle le massait, elle le caressait comme un petit chat malade, un peu pelé, un peu galeux, dont on a honte mais qu'on aime. C'était son chat. C'était son bras. Je suis sûre que si j'avais été petite, elle m'aurait fait croire que c'était un jeu, un déguisement, que c'était comme la perruque, qu'elle enlèverait bientôt et la perruque et le gros bras, car elle était toujours là en dessous, sublime et bronzée, il suffisait d'attendre, de boire de la soupe miso et d'attendre.

La vérité c'est que je trouvais son total look japonais trop bizarre, mais comment lui dire ? Je n'ai jamais aimé qu'elle se fasse remarquer. Alors là, raté ! Le kimono doré, la ceinture dorée, les chaussons dorés, du doré partout sauf dans le bleu des yeux, si intense qu'on le croyait blanc, comment lui dire que c'était cher payer la manche pour cacher le gros bras ? Comment lui dire que tout lui allait, tout, car tout va toujours aux très belles femmes et elle était la plus belle des très belles femmes, mais que là, franchement, même avec un kimono haute couture, elle aurait eu cet air de porter un écriteau : j'ai un cancer et alors ?

Je ne ressens rien, non. Et puis, tiens, quelque chose de mouillé sur mon visage. Il pleut ? Mais non. Il ne pleut pas. Je pleure. Ce sont des larmes fines, économes et discrètes, ou qui tentent de l'être, et de passer en force. C'est si étrange, cette douleur qui ne fait pas mal. C'est comme le chagrin de quelqu'un d'autre. Ils se disent Ma fille est triste, Ma femme est triste, Ma sœur est triste. Alors ça tombe bien, je pleure. Mais je ne sais pas si c'est maman que je pleure. C'est peut-être un chagrin plus ancien, ou un chagrin à venir, ou le chagrin de ce qui m'attend et que je ne sais pas encore. C'est une providence, de toute façon, ces pleurs. C'est ma chance, ces larmes sans chagrin qui me submergent – il était temps.

Papa me serre dans ses bras. Ma fille. Mon bébé. Ma toute petite fille bébé. Ma petite orpheline. Je n'ai plus l'âge pour tout ça. Mais avec papa j'ai le droit. Avec papa j'ai tous les droits. Je me laisse cajoler par papa comme un petit paquet, un bébé, un gros bras, je ne sais plus. Et je sens mon enfant, dans mon ventre, qui me laboure de coups de pied, elle ne sait pas encore qu'on ne doit pas frapper sa mère, elle veut peut-être me punir, ou me distraire, ou me rappeler à la vie, à sa petite vie qui commence, hé je suis là, moi aussi, ou peut-être qu'elle a faim, ou pour rien, parce que c'est comme ça, parce que c'est la vie qui palpite, qui veut croître, qui

111

proteste, la vie dans le ventre, la vie comme dans une poupée russe, et au même moment, maman, en bas, dans la terre, cogne et tambourine contre le bois, ça s'appelle la concordance des temps et ce sera ma vie maintenant.

22

Mon enfant. Je vais avoir un enfant. Mon enfant n'a pas encore de chambre, ni de lit, mon enfant n'a rien, alors il faut que je lui fasse de la place et je lui cède mon bureau.

En rangeant, je tombe sur un répertoire. C'est le répertoire de maman. Il a l'air très vieux, tellement plus vieux qu'elle, et plus sérieux, il a beaucoup vécu, il est épais, boursouflé, les pages sont gondolées, peut-être qu'elle prenait son bain avec, ou la pluie. Moi je prends mon élan, j'ai un peu peur, toute la petite vie de maman, sa pauvre vie ratée, toutes les promesses non tenues de sa vie, ce désastre.

Dans le répertoire de maman, il y a d'abord le numéro de *L'Autre Journal*. Je crois qu'elle y a travaillé, un temps. Elle écrit bien, maman, mais elle n'est pas fiable... Ta mère a tellement de talent, mais elle est juste pas fiable... C'est ce que papa disait toujours... Il a gardé ses lettres, d'ailleurs.

Toutes les lettres qu'ils s'écrivaient quand ils avaient dix-huit ans et qu'ils s'aimaient et qu'ils étaient beaux, et jeunes, et la vie devant eux, et sur pied d'égalité, aussi forts, aussi amants, autant de chances l'un que l'autre. Mais, à maman, les possibles et les rêves suffisaient. Alors elle n'en a gardé aucun, réalisé aucun, elle les a tous détruits.

Papa, lui, a gardé ses lettres. Et le journal qu'ils tenaient ensemble, à quatre mains, de leurs écritures de bébé, quand ils faisaient Bonnie and Clyde au Mexique, ou qu'ils piquaient les troncs d'église dans les églises de Bretagne, ou qu'ils décidaient de se suicider, ensemble aussi, dans le clocher de l'église Saint-Pierre de Neuilly. C'est papa qui, à la dernière minute, a dit stop on arrête, mais pas parce qu'ils avaient vingt ans et que c'est bête de mourir à vingt ans, mais parce qu'il s'était rendu compte qu'il était juif et qu'il trouvait que ça se faisait pas, pour un Juif, de se suicider dans une église. J'ai commencé à lire tout ça, en cachette, enfermée dans son bureau, un jour qu'il était en voyage. Je viens travailler, j'ai dit à sa secrétaire, c'est vu avec papa, qu'on ne me dérange sous aucun prétexte. Mais, quand je suis arrivée aux lettres de maman, j'ai senti le chagrin me foncer dessus, un chagrin venu de loin, grondant comme un orage proche, le chagrin de maman, et des frères de maman, et des parents de maman, et des illusions cassées de maman, et de toutes ces vies maudites qui ont fait la vie de maman. J'ai tout rangé, alors. On verra plus tard, je me suis dit. Quand je serai heureuse. Quand ma fille sera née. Quand je ne risquerai plus rien, pas de contagion, pas de contamination, système immunitaire au point, blindage à mort.

À l'époque où maman travaillait, à *L'Autre Journal* ou ailleurs, arrivait toujours le moment, au bout d'un mois, d'une semaine, de trois jours, où elle avait une panne d'oreiller, le chat qui avait fait pipi sur son ordinateur, sa tante qui était morte pour la vingt-deuxième fois, ou l'article qui n'était pas prêt, ou pas vraiment commencé, ou pas assez bon, ou elle n'avait plus de cigarettes, ou plus d'argent pour acheter ses amphets, ou elle était simplement fatiguée, et alors elle faisait la morte, et finalement elle était virée. D'ailleurs, dans le répertoire de maman, juste après *L'Autre Journal*, il y a le numéro de l'ANPE. Puis, celui des Assedic. Et puis Bernadette Fox, rue de Verneuil, je suis sûre qu'elle n'en a pas changé, que c'est toujours le même numéro. Est-ce que je l'appelle ? Mais pour lui dire quoi ? Maman est morte il y a quelques mois, mais je ne connais pas la date exacte parce que je suis une mauvaise fille ? Ou je crois que vous étiez amoureuse d'elle, ou elle de vous, qu'est-ce que j'en sais ? Ou est-ce que vous vous souvenez de moi, la petite Louise que maman laissait dans un coin, à sucer son pouce et jouer avec son Casimir, quand vous vous isoliez pour dire du mal des hommes et de papa ? Moi je me souviens de vous. Vous me faisiez peur. Une fois, on était venues vous voir à la campagne, j'avais sept ans, peut-être huit, vous m'aviez acheté un vélo. Juste pour le week-end un vélo, tellement de générosité j'avais trouvé ça louche, peut-être une tentative pour me voler maman. J'avais quand même accepté, mais en boudant, genre si vous insistez vraiment. Alors vous avez insisté. Mais blanc le vélo j'avais précisé, parce que mon amie Delphine en a un blanc elle aussi. Et vous aviez dit d'accord, blanc, pourquoi pas. Et maman avait ri, son rire haut, un rire si grand qu'il montait jusqu'aux gencives, c'est le rire qu'elle me réservait, les autres avaient droit à un rire moins complet, à cause de ses dents, plantées un peu vers l'arrière, c'était son seul petit défaut, elle le savait.

Un jour j'ai entendu papa dire – je ne sais pas si c'est à moi qu'il le disait, peut-être qu'il rêvait juste à voix haute et qu'il avait oublié que j'étais là – que longtemps, après Alice, quand il rencontrait une femme, il comparait, les jambes, la taille, la poitrine, la peau, les yeux, eh bien Alice était toujours la plus belle, Alice était toujours la plus parfaite, c'est même étonnant à quel point, les femmes faisaient moins de sport à l'époque, elles n'étaient pas aussi au courant des règles diététiques que maintenant, mais elle était incroyable, elle était vraiment la plus incroyable.

Eh oui, elle était parfaite, maman. Et elle me trouvait, moi, si conforme, si conventionnelle, toujours à vouloir être comme les autres, banale comme les autres, imparfaite comme les autres. Je veux la même robe que Clémentine. Je veux le même goûter que Yasna. Je veux des cheveux raides comme ma copine Caroline. L'histoire des cheveux raides, j'avais dit ça comme ça, ces phrases que font les enfants, pour le principe, pour montrer qu'on sait ce qu'on aime, et qu'on a appris un nouveau mot, ça me semblait bien les cheveux raides. Mais maman m'avait assise sur un tabouret, après le bain, devant un grand miroir, et elle avait entrepris de me peigner soigneusement pour que mes cheveux soient bien lisses, bien raides comme je voulais. Regarde, tu te plais ? Oui j'avais dit, trop contente. Et elle avait éclaté de rire, d'un rire en cascade, un peu cruel, et m'avait mis deux bigoudis sur la tête parce que faut quand même pas exagérer, pourquoi pas un serre-tête et des souliers vernis tant que tu y es ?

Le répertoire de maman, je l'ai gardé aussi parce que ça ne prend pas de place. Quand papa m'a dit, le lendemain de l'enterrement, tu fais ce que tu veux mais je te conseille de tout jeter, tout donner, je pense qu'il parlait surtout des meubles, des vêtements, il n'a sûrement pas pensé au répertoire, alors je l'ai fourré dans mon sac, en douce, sans qu'il le voie, il était dans la cuisine à ce moment-là, les yeux fixés sur une tasse à café pas lavée, l'air perdu et concentré, faisant attention à rien d'autre, de dos, les bras ballants, peut-être qu'il pleurait je ne sais pas. Il a bien gardé ses lettres, lui, peut-être pour ne plus penser à elle, pour la ranger sagement dans un de ses tiroirs, parce que ça finit par remplacer la mémoire, non mais, de quoi je me mêle ? pourquoi j'aurais pas le droit de garder le répertoire, moi ? je

117

le prends, je me suis dit, sans trop savoir, moi non plus, ce que j'en ferai.

Dans le répertoire de maman, il y a Antiquités-brocante, vide-grenier brocabrac, le numéro des pompiers, Gérard Seksik expertise. Expertise de quoi ? Est-ce qu'elle vendait les cadeaux de Berna-dette Fox ? Il y a aussi Aldo Las Vegas. J'ai du mal à y croire. Je rigole toute seule. Pablo m'entend. Je lui dis dans le répertoire de maman il y a Aldo Las Vegas. Il comprend en mémoire de maman allons à Las Vegas. Et il me répond t'es pas bien non ? Là, c'est sûr, je vais appeler, mais je cherche le numéro, il n'y a pas de numéro, il y a juste, écrit d'une main qui n'est pas celle de maman, pour Aldo Las Vegas laisser message à Jean-Marie, au Petit Bar, 13 rue du Mont-Cenis, ça veut dire quoi ?

Dans le répertoire de maman, il y a la Banco di Roma, la fameuse banque où papa faisait virer l'argent pour son loyer. Au début il voulait rien savoir. C'est pour son bien. Il faut que ta maman ait une raison de se lever le matin. Il faut que ta maman travaille. Mais, même quand maman travaillait, elle était en général renvoyée avant d'être payée, donc à quoi bon ? Alors, elle vivait chez des copains. Et c'était pas une vie pour elle. Et c'était pas une vie non plus pour eux. Et, au bout d'un moment, elle les a tous épuisés, essorés, désespérés, détestés. Et, en plus, ils étaient presque aussi fauchés qu'elle. Et, en plus, ça devait pas être simple d'héberger quel-qu'un du genre encombrant qui disait tout à coup tiens je vais tout réorganiser chez vous, je vais vendre vos vieux meubles, je vais repeindre la cuisine, vous allez être tellement mieux. Arrivait toujours le moment où même les plus sympas en avaient marre. Et est arrivé un jour où maman s'est retrouvée à la rue pour de bon. C'est là que papa a décidé, de guerre lasse, de lui virer, tous les ans, des sous qui transitaient sur son compte avant d'être dirigés, chaque mois, sur celui du proprio. Malheureusement, je ne sais pas comment elle a fait, mais elle s'est débrouillée pour trouver le numéro secret du compte et elle a tout siphonné. Quand les huissiers ont débarqué chez papa, il y avait un an d'arriérés de loyer, et papa est resté fâché longtemps.

Pourtant, je vois bien comment elle a procédé et comment elle s'est fait avoir. Une petite somme par-ci par-là, elle devait penser que ça ne se verrait pas. Et puis, quand il n'y a plus eu d'argent du tout, elle s'est dit c'est plus son argent à lui de toute façon. Et puis, quand le découvert est devenu énorme, elle a pensé foutu pour foutu, au point où on en est… C'est comme quand j'étais en retard à l'école et que je paniquais : mais non, elle me disait, tant qu'à être en retard autant l'être carrément et on restait prendre un grand petit déjeuner à la maison, ou on se recouchait, ou elle m'emmenait chercher des tirages photo à son agence et elle m'oubliait jusqu'à l'heure du déjeuner dans le taxi qui attendait en bas. N'empêche, papa l'a eue mauvaise. Tu comprends, Louise, elle peut arnaquer qui elle veut, elle peut voler l'épicier du coin, l'EDF, la Française des

Jeux, je m'en fous, je veux bien la couvrir, en rire avec elle, tout ce que tu veux, mais moi, pourquoi elle m'arnaque moi, c'est dégueulasse, c'est pas bien, elle m'emmerde, j'en ai marre marre marre.

Quand elle est tombée malade, pourtant, il a oublié de rester fâché, il a renoncé à la protéger d'elle-même, et il a fait en sorte qu'elle n'ait plus du tout d'ennuis matériels. Le studio au rez-de-chaussée d'un joli immeuble à Montmartre. Plus de téléphone et d'électricité coupés. Et de l'argent, tous les mois, pour les dépenses courantes. La seule chose c'est qu'il voulait des factures, des traces d'achat, des signes de vie. Car il fallait pas qu'elle refile tout à ses potes. Et il savait aussi que ça l'occuperait de tenir ses comptes, de tricher, d'inventer de fausses factures quand elle n'aurait pas pu s'empêcher de dépanner quand même un copain. Parce qu'elle était comme ça, maman. Même fauchée, même au bout du bout du rouleau, quand elle entendait la clochette de l'aiguiseur de couteaux, en bas, dans la rue, elle descendait les marches quatre à quatre avec tous ses couteaux qui n'avaient absolument pas besoin d'être aiguisés. Et son dernier billet de 50 francs y passait, juste parce que le mec en avait sûrement plus besoin qu'elle, parce que son métier était si beau, parce que le grand chien jaune qui l'accompagnait avait la truffe humide et fraîche, parce que maman voulait se punir, se racheter, parce que maman était impossible.

Dans le répertoire de maman, il y a le numéro du bureau de placement. Et puis un certain Bernard qui n'est absolument pas papa. Et puis Aziz, Abdel, petit Bruno, Catherine et Benoît, Monsieur Têtard, Jean-Claude le Fou, un certain Keith Richards qui ne doit pas être non plus Keith Richards, Tiki, les copains qu'elle squattait, les copains chez qui j'essayais de la joindre quand j'étais petite et que j'étais sans nouvelles pendant des semaines, les copains qui me raccrochaient au nez parce que eux aussi avaient été arnaqués et qu'eux aussi étaient fâchés. Papa, heureusement, avait toujours des explications. Maman est en Amérique. Maman fait un safari. Maman est partie sauver des bébés phoques. Même quand elle est allée en prison, ça a duré au moins un an, au centre de détention pour femmes de Fleury-Mérogis, il s'est pas démonté et il a aussi trouvé un système. Il s'était arrangé avec un ami à lui, ancien directeur de la Santé, pour qu'on la laisse sortir une fois par mois pour la journée. Il mettait du désordre dans l'appartement, du linge, des assiettes sales, comme si maman y avait passé la semaine. Et, quand tout était prêt, quand l'appartement Potemkine ressemblait à un vrai appartement et quand les policiers avaient déposé maman en restant bien cachés dans leur voiture on ne sait jamais, il m'amenait par la main comme un gentil papa divorcé et venait me récupérer en fin de journée juste avant que les policiers remontent la chercher.

Je faisais semblant de croire à ses mensonges. Mais au fond de moi je me disais maman ne reviendra pas. Je n'osais pas le dire mais j'étais certaine, surtout pendant l'année à Fleury-Mérogis, que maman ne reviendrait plus et qu'elle m'avait abandonnée. J'allais à l'école, maman m'avait abandonnée. Je prenais mon goûter, maman m'avait abandonnée. Papa me faisait son câlin du soir, maman m'avait abandonnée. Et puis, au bout d'une semaine, d'un mois, maman réapparaissait, coucou Minou, c'est moi, c'est tout. Mais en attendant je harcelais ses copains : où elle est, pourquoi vous la cachez, pourquoi elle ne veut pas me parler. Et eux, qu'est-ce qu'ils avaient fait au bon Dieu pour mériter qu'un microbe de cinq ans qui avait appris à téléphoner avant de savoir écrire et lire les harcèle comme ça, à tout bout de champ et à toute heure ? Alors ils disaient zut, encore Louise, la barbe, et ils me raccrochaient au nez.

Dans le répertoire de maman, en face de Travail, il y a le numéro du bistrot d'à côté où elle régalait les clochards du quartier aux frais de papa.

Il y a Détective. J'appelle, ce numéro n'est plus attribué.

Il y a Info et Défense des Locataires.

Il y a moi, bien sûr, un peu partout, avec des numéros d'hôtels où je ne me souviens plus avoir séjourné, avec des numéros de copines d'école que je ne me souviens pas avoir fréquentées. Je suis à L, bien sûr, pour Louise, à M comme Mon chat, à C comme Chérie, à T comme Toute belle, et puis, plus tard, je m'en souviens, j'étais sur la touche 1 de son téléphone portable, son petit téléphone dont elle était si fière et que je n'ai pas pu non plus me résoudre à jeter. Elle, sur le mien, elle était sur la touche 5, ce qui veut dire qu'il y avait quatre personnes (Pablo, papa, mon frère, ma grand-mère) que j'appelais plus souvent qu'elle, plus urgemment, et cette idée aussi me dévaste – mauvaise fille, mauvaise Louise, je donnerais tout aujourd'hui pour la faire remonter de 5 à 1 sur mes appels automatiques.

Je l'ai gardé longtemps dans ma main, son téléphone. Je l'ai regardé. Je n'avais pas le code pin mais j'étais sûre que c'était en rapport avec moi, la date de mon anniversaire, mon chiffre de chance, le code de ma porte, le numéro de ma rue. D'abord, je n'ai pas voulu essayer. Peur d'être trop émue, ou déçue, ou que ce ne soit pas ça, et donc je le fixais bêtement, sans rien faire, comme s'il allait me parler, me raconter maman, son histoire, la mienne. Et puis je me suis décidée. C'était bien ce que je pensais. L'année de ma naissance croisée avec mon adresse. Et là, quoi ? Douze messages archivés de gens qui ne me disaient rien, absolument rien, comme si ce n'était pas elle, que ce n'était pas son téléphone – comme dans cette histoire si drôle où papa, l'année d'avant ma naissance, l'avait fait suivre par un détective de l'agence Dubly qui lui livrait son rapport tous les soirs, à heure fixe, dans son bureau de la rue des Saints-Pères ; sauf que c'étaient des rapports bizarres, qui ne correspondaient à rien, qui ne lui ressemblaient en rien, une autre fille vraiment, complètement une autre, jusqu'au jour où il a compris que le type s'était trompé et qu'il suivait, depuis le début, une mauvaise personne.

Dans son répertoire, il y a Jean C. qui a tourné facho. Jérôme B. qu'ils appelaient le petit khâgneux. D'autres copains de l'époque de la rue d'Ulm : c'est elle qui occupait la thurne et ils en veulent encore à papa, quarante ans après, de les avoir crus si inoffensifs, si émasculés, si nuls, qu'il pouvait leur confier sans rien craindre la fille la plus affolante de tout le Quartier latin. Je me demande si elle les a jamais appelés. Je me demande s'il y en a certains avec qui elle a quand même couché. J'ai honte de me demander une chose pareille. Mais elle n'est plus là pour froncer ses jolis sourcils et me dire ça va pas la tête minou – alors ?

Et puis il y a toute l'île de Houat. Le bistrot d'Henri, Gégé, Matou de Pantoche, Gino la Bastoche, Yvon, Gildas, la grande Isabelle et la petite. Il y a aussi Gérard Perrain, Joaillier fabricant – qu'est-ce que c'est que cette histoire ?

Il y a *Globe* (c'est un très vieux répertoire, vraiment). Je crois qu'elle et eux avaient tenu une semaine tout rond, pas un jour de plus, pas une heure, mais elle a quand même noté leur numéro, et l'a consciencieusement gardé, prise de guerre elle disait, elle voulait les traduire en justice, récupérer un ordinateur, un tabouret, une idée qu'elle avait lancée et qu'on lui avait piquée – c'est pour ça qu'elle avait gardé le numéro ?

Il y a aussi une Françoise à Amsterdam. Un Fandor, 2 allée des Thuyas 94261 Fresnes cedex

43503550. Les Éditions des Femmes, rue de Seine. Je me souviens, j'étais petite, mais je me souviens, le talent n'était pas encore gâché, les promesses pouvaient encore être tenues, elle n'avait pas rencontré la drogue, elle avait des tas d'amis, elle faisait partie de l'aventure des Éditions des Femmes. Il y avait une pièce spécialement aménagée pour les enfants. On était les enfants de femmes politisées, engagées, batailleuses, qui, pour la plupart, comme maman, avaient décidé de se passer de mari, de se passer de père pour leurs enfants, de se passer des hommes. C'était une pièce de toutes les couleurs, un mur mauve un mur jaune un mur vert un mur bleu, et, dès qu'un enfant entrait, il se mettait à hurler. Allô papa ? Au secours papa !

Il y a l'EDF-GDF, Médecins du monde, un foyer africain, l'adresse des Enfoirés, un coiffeur.

Il y a le numéro de la Cabine de la place (quelle place ?) Un code bizarre : TH. Allan à Bruxelles. Sarah à New York. Loulou à Londres. Est-ce que TH a un rapport avec la drogue ? H pour Héroïne ?

Il y a Travail intérimaire. Taxi papa (mon papa, pas le sien). Vendanges. Voyage extraordinaire.

Il y a aussi le Fonds Solidarité Logement. La coordination services sociaux. L'Acmil (coordination des moyens d'intervention logement). Le Parsifal (gays qui refusent la condamnation du sida). Le numéro des communistes combattant le sida. Les sœurs de la perpétuelle indulgence (religieuses cathos travesties, elle écrit).

Il y a encore Service info suicide, le Kiosque,

l'assoce jeunes pour l'écologie et le développement, l'assoce médecins gays et lesbiennes.

Dans son répertoire, qui est très grand, avec des pochettes à soufflets, elle a aussi gardé des articles. Elle les a déchirés, annotés, soulignés, surlignés, rangés. Un article paru dans *Elle*, méfiez-vous des tyrans ordinaires, où elle a presque tout souligné. Une grande photo de moi pliée en huit, celle de mes dix-huit ans avec la petite robe ceinturée où je suis tellement mince que personne ne me reconnaît jamais. Un article qui s'appelle « Les bras se découvrent ». Une journée avec Lou Doillon. Un hommage à Mustapha Dimé. 18 soins pour retrouver la jambe légère – elle a coché les moins chers. Casting Comptoir des cotonniers. Minceur chrono diététique. Aliments de jour aliments de nuit. Maigrir si je veux. Une pub sur le premier rayon laser cosmétique ou bien, au verso, un article sur la prévention de la pédophilie ? Je penche pour le laser. Un test pour connaître sa nature ayurvédique : elle a répondu pour elle et aussi, je m'en aperçois, pour moi. Les recettes de bien-être d'Isabelle Adjani (elle a souligné tous les produits). La méthode Gesta, Albin Michel (elle a rien souligné du tout, elle a tout barré d'un trait rageur). Un papier qui dit qu'il faut couper ses cheveux à la lune montante : elle n'avait plus de cheveux depuis deux ans. Une pub pour le salon de la Transcendance, ouvert toutes les nuits de pleine lune, 40, rue Coquillière – de quelle transcendance il pouvait bien s'agir ? Une copie de lettre à la CPAM, centre Montmartre, 9-15 rue des Fillettes, lettre déposée ce jour. Elle avait toujours des photocopies de tout, vision parano du monde, ça me faisait si peur quand j'étais petite de voir son sac plein d'articles photocopiés et j'avais dit à papa en pleurant : le sac de maman est plein de prospectuuuus… Est-ce que maman était la somme de ses prospectus ?

Dans son répertoire, il y a cette lettre. Madame, monsieur, j'ai beaucoup de mal à comprendre qu'il n'y ait pas, à la Sécurité sociale, d'imprimé qui indique exactement la marche à suivre pour un arrêt de travail quand on est un néophyte de la démarche, ce qui est mon cas. Trois passages physiques au centre (je ne me déplace que très difficilement en transport en commun, ayant des vertiges à répétition) ont été parfaitement inutiles puisque personne n'a jamais répondu correctement à mes questions sur ce dossier. (bla bla bla) Soyez sereine, me dit-on à l'hôpital, c'est votre meilleure chance de guérir. Eh bien il est difficile d'être sereine avec le stress engendré par la Sécurité sociale.

Il y a des tests découpés dans *Elle* : bonne ou mauvaise mère, quelle amoureuse êtes-vous, comment devenir une femme audacieuse, le test des parents qui bougent. Des pages de mode, et des pages d'adresses de mode, alors qu'elle ne portait plus que des kimonos à cause de son manchon. Des recettes de cuisine avec toujours la même manie de souligner et de barrer des trucs. Et puis, tiens, une lettre de papa qu'elle a retapée à la machine et que je lirai plus tard quand etc. Et puis un petit mot de moi : pardon maman, je t'aime maman, pardon merci, merci pardon, tu me manques maman, tu me manques tellement. Et puis la photocopie d'une lettre d'elle, qu'elle a envoyée à papa, celle-là c'est moi qui l'ai, je ne sais pas pourquoi, c'est idiot, c'est méchant, mais l'idée tout à coup m'enchante qu'elle ne soit pas dans son tiroir secret.

Paris mardi 23 juin 98. Bernard. Tu vas rire : j'ai bien vécu, j'ai eu plein d'aventures étranges et d'autres très jolies comme Louise. J'ai été une belle femme. Pas trop con et parfaitement inadaptée sociale, ce qui m'a, paraît-il, conféré un certain charme. Mais, ce mardi 23 juin, j'ai décidé que j'avais assez vécu. Presque toutes mes dents sont tombées, je commence à avoir des rhumatismes, je ne peux plus conduire et me conduire qu'avec d'affreuses lunettes de la Sécurité sociale, la peau de mes bras commence à être fripée, dans quelques jours mon téléphone sera coupé parce que je leur dois huit cents francs alors qu'il ne sonne jamais, je ne peux plus sortir dans la rue sans passer devant l'épicerie et je ne peux pas passer devant l'épicier parce que je lui dois mille cinq cents balles. Je n'ai pas mangé depuis trois jours, l'eau du robinet est tiède, je n'ai pas de frigo puisque ces choses-là marchent à l'électricité et que je n'en ai plus depuis trois ans. Tendresses. Alice.

PS. Tu vas pleurer (ou rire, je ne sais pas). Le téléphone vient de sonner. On me propose dix jours de travail à partir de vendredi et me voilà, à nouveau, heureuse comme tout. C'est pas stupide, ça, d'être si réjouie à l'annonce de dix jours d'un travail à la con ?

PS au PS. Problème se dit-elle alors. Pour ce travail de dactylo sur cassettes et à domicile, avec coursier qui passe quotidiennement chercher les pages, il me faut impérativement un téléphone. Et puis il faut aussi que je mange, et que je boive, et que je fume, et que j'achète des piles pour le magnéto, et ils ne me paient que fin juillet. Est-ce que je peux, une fois de plus, faire appel à toi ? Je t'embrasse, de toute façon.

Super PS aux deux PS. Si tu veux m'appeler, fais-le aujourd'hui ou demain. Car après, je me répète, le téléphone sera coupé.

Dans le répertoire de maman, il y a des photos de gens que je ne connais pas. Un type très beau, très insolent, qui essore sa chemise, torse nu, devant le bassin du Luxembourg. Un garçon en caban bleu marine, très jeune, qui pose près d'une barque de pêche, et qui n'est pas son copain de l'île de Houat. Deux autres jeunes gens, imperméables mastic, casquettes et pantalons de golfeurs, ils sont debout sur le toit d'une 2 CV dont ils ont laissé les portières ouvertes, ils font semblant de se bagarrer, le cliché fait très années soixante. Et puis Belle-Lurette, le chat, j'étais si jalouse de lui, je l'aimais et j'en étais jalouse, en plus c'était un chat bavard, impossible, avec des miaulements de bête féroce. Personne n'en a voulu après la mort de maman. C'est finalement Martine qui l'a embarqué et deux semaines après elle m'a dit de sa voix de petite fille : le chat ? il a rejoint sa maman et la tienne, il s'est suicidé. Suicidé, je me suis étonnée ? Oui, suicidé, il dormait sur le balcon du vingt et unième étage, et la nuit dernière il a sauté. Sauté ? Vous avez dit sauté ? Oui, pourquoi pas, ta maman disait toujours qu'il était myope et ceci explique cela. Ah bon, parce que ça existe les chats myopes ? Évidemment mon minou, pourquoi ça n'existerait pas, pourquoi ils n'auraient pas le droit d'être myopes, tu l'es bien, toi ? C'est fou, elle parle comme maman.

Dans le répertoire de maman, il y a une lettre absurde à l'EDF, une autre à Canal +, et des trucs de tribunaux, de prud'hommes, elle aimait bien, à la fin, plaider, protester, discutailler, pinailler, ah mais ils n'ont pas le droit, c'est pas normal, vont pas me marcher sur les pieds, vais leur écrire, elle aimait bien, même au bureau de tabac, avec plein de gens qui attendaient dehors dans le froid, faire des histoires.

Il y a aussi une liste de courses : fromage blanc maigre, huile de tournesol, 4 citrons bio, miel, graines de sésame et sarrasin, 2 paquets de BHL, collyre, rouge à lèvres, échantillons de Shalimar.

Voilà ce qu'il me reste de maman.

23

Je tourne dans l'appartement. Tiens, la danse du scalp, dit Pablo. D'habitude ça me fait rire. Là je ne ris pas du tout, je piaffe, tout m'énerve, j'ai un nouveau bouton qui vient de me pousser sur le menton, je m'enferme dans la salle de bains, j'inspecte le bouton avec un miroir grossissant, ils ont libéré Florence Aubenas !!!! hurle Pablo depuis la chambre, je n'avais pas entendu, la radio est à fond mais je n'entends que la météo ou la pub, je refuse de m'intéresser au reste, quel reste, le monde des vivants des altruistes des contents, de tous ceux qui ont des projets, de tous ceux qui ont une maman, comme lui, comme Pablo, il m'énerve, il s'intéresse à tout, à tout le monde, il est tout le temps enthousiaste, alors je hurle qu'est-ce que ça peut me foutre, à moi, la libération de cette bonne femme ? j'ai honte évidemment, j'ai tout de suite honte d'avoir dit ça car elle ressemble un peu à maman, Florence Aubenas, sur ces photos de *Paris Match* que j'ai découpées et où elle se tord les mains, et où elle fronce les sourcils, ce visage très mobile, tout en pommettes, ces expressions, ces grimaces de petit clown, je les avais épinglées au-dessus de mon bureau, à côté de l'affiche de campagne de Jospin avec la fausse dédicace qu'on avait faite pour rigoler, À Pablo avec toute ma tendresse Lionel, ça avait impressionné la femme de ménage, chaque fois que je tombe sur une de ces photos de Florence Aubenas j'ai un coup au cœur, comme si maman était dans tous les journaux, comme si tout le monde parlait d'elle, s'intéressait à elle, manifestait pour elle, je trouverais ça normal par parenthèse, elle le mériterait tout à fait, mais là n'est pas la question, je ne veux pas m'intéresser à ça, pas maintenant, pas ici, il n'y a que ce bouton qui compte, énorme, violacé, qui me défigure et vient montrer à tous comme je suis laide et triste à l'intérieur – voilà.

Je reviens dans la chambre. Pablo a éteint la lumière. Ah ben d'accord, super, je constate en shootant dans un oreiller et en déplaçant une chaise exprès. Si je comprends bien, j'ai pas le droit de lire ? Il se lève tôt demain, il proteste, il a un rendez-vous important. Je sais qu'il faut pas le stresser, qu'il a besoin de dormir, mais c'est plus fort que moi, j'ai envie de le provoquer, de l'agresser, et qu'il m'agresse aussi, une bonne scène, une bonne engueulade bien vivante, et le rendre responsable de tout, et qu'on se batte, et qu'on se fasse du mal, et que j'aie une bonne raison, une raison objective, claire, sans bavure, de me plaindre et d'aller mal. Quelque chose de bénin mais de net. Une dispute de couple bien sordide. Tout plutôt que cette boule que je sens grossir dans ma gorge, ce malheur qui veut sortir à tout prix, et tout éclabousser, et tout salir. Mais Pablo ne répond pas. Il me connaît, à force. Alors, il fait le mort, le sourd – ou peut-être qu'il s'endort vraiment ? Je quitte la chambre. J'arpente l'appart à grands pas. Je le trouve hideux, tout à coup, cet appart, en désordre, crado, trop grand, trop petit, l'agent immobilier qui me l'a trouvé est revenu boire un verre et il a été effaré : en fait, cet appart on dirait que tu l'as squatté il m'a dit. Je claquerais bien les portes si je pouvais mais maman me les avait toutes fait enlever pour la circulation de l'énergie. Elle circule très bien, maintenant, l'énergie. Je décide de dormir dans mon bureau, comme maman, à la place de maman, mais j'ai jeté son tatami, et le nouveau canapé gratte, et les bouquins autour de moi sont autant de lames qu'une main invisible s'apprête à me lancer dans le dos. Je me demande à quoi ils servent, ces bouquins. Je vais sûrement jamais les relire. Alors pourquoi je les garde ? Je tousse. J'ai froid. Je reviens dans la chambre prendre un oreiller. Et un manteau. Voilà, bien fait pour tout le monde, je vais dormir en manteau dans mon bureau. Mais je me prends les pieds dans le tapis et je tombe et je me fais mal et je dis merde de merde très fort. Qu'est-ce qui se passe, qu'est-ce qui se passe, grommelle Pablo, même pas en colère, même pas furieux, juste étonné, qui entre-temps s'était effectivement endormi. Il se passe que tout ne s'arrête pas parce que Monsieur a sommeil, moi j'ai envie de lire, et tu as mangé tout le chocolat, et tu as oublié d'aérer après dîner, et ça pue, et les chats ont vomi, voilà ce qui se passe, et il se passe que moi j'ai des choses à faire et que je vais les faire dans mon bureau puisque bientôt je n'aurai plus de bureau, puisque le bébé est roi et qu'il y en a plus que pour le bébé, pas encore né et déjà y'en a que pour lui, hein ?

Je sais bien que je suis odieuse, une vraie calamité, et de mauvaise foi en plus, je n'y vais jamais d'habitude dans mon bureau, je le déteste, il me rappelle maman, et il donne sur la rue, et il est poussiéreux, et je n'ai aucunement besoin de bureau, je n'y travaille pas, je ne travaille nulle part alors à plus forte raison dans ce bureau, à la limite c'est une bibliothèque, mais des livres on peut en mettre partout, même dans la cuisine si on veut, d'ailleurs nos copains n'ont pas de bureau, et il y a des gens qui n'ont pas de salon, et pas de toit, et qui font des enfants et ça a l'air de se passer très bien, d'ailleurs comment ça se passe en vrai ? est-ce que c'est pas un méga-mensonge cette idée qu'avoir des enfants est toujours un bonheur absolu ? c'est fou, tout est tellement réglementé et n'importe qui peut faire des enfants, même maman, même moi ! j'ai dit l'autre jour à Pablo si en même temps que le permis de conduire on passait le permis d'avoir des enfants j'aurais raté les deux, il m'a regardée comme si j'étais cinglée.

C'est ce matin que la crise a commencé. D'habitude quand je sens que la tristesse arrive je vais m'acheter un jean. C'est la perspective du nouveau jean qui m'aide à me lever. C'est ça, acheter des jeans, faire des emplettes, ce que font les vrais vivants et ça m'aide donc à rester vivante. J'en ai plein mon armoire. Je ne sais plus quoi en faire. En plus, je grossis. J'ai honte de grossir malgré le deuil mais il faut bien que l'enfant grandisse et, donc, je grossis à mort et ça me donne une raison supplémentaire d'acheter des jeans. Sauf que là ça n'a pas suffi. J'ai eu beau acheter des jeans toute la semaine, ça n'a pas réussi à enrayer la montée de la tristesse. Et, ce matin, j'ai pas eu le courage de sortir, même pour aller acheter encore un jean. Je me suis obligée à m'habiller, bien sûr. Je me suis chaussée. Même si mon jean me comprimait le ventre, même si j'avais les jambes qui pesaient trois tonnes, je me suis pomponnée, parfumée : pas dégoûter Pablo je me suis dit, pas pleurer, pas petit chat crevé, juste attendre l'accalmie et pouvoir d'un bond aller au ciné avec lui quand il rentrera cet après-midi ou ce soir. Faut juste attendre un peu, je me suis encore dit, ça va passer comme un orage, comme une ondée, comme une sirène d'alarme, une rage de dent, ça va s'arrêter, ça va aller. Mais la vérité c'est que j'ai passé la journée roulée en boule sur le canapé. Et quand Pablo est rentré, catastrophe. J'ai pas entendu l'ascenseur, déjà. Il a sûrement dû monter à pied, la forme la pêche la patate, et moi je m'étais m'endormie malgré mes bonnes résolutions, je m'étais effondrée comme une pauvre loque endeuillée.

Qu'est-ce que tu fais, il m'a dit ? Je regarde la télé, j'ai répondu sans réfléchir. Mais elle n'est pas allumée, la télé ! Je sais je sais, j'ai dit en sautant pour me mettre debout, mais trop vite, ça m'a fait tanguer. D'un côté, ça allait mieux, Pablo était là, il était bien vivant comme il faut, bien impatient de faire plein de choses, de préparer la chambre du bébé, de travailler son prochain rôle, de partir en week-end au bout du monde, il était revenu, beau, le regard clair, prêt à planter ses banderilles et il avait l'air content de me voir. De l'autre, je me sentais toujours bizarre, je crois que je couve un truc je me suis plainte, je suis patraque, ça va pas – et lui m'a dit ah bon on va appeler un médecin et puis il s'est repris, il a regardé mon ventre, dégluti trois fois, je sentais qu'il voulait me poser une question mais que ça ne venait pas, c'était le bébé bien sûr, toujours le bébé, il n'y a que le bébé qui l'intéresse dans ces cas-là, que pour lui qu'il se fait du mouron, et moi j'en ai marre de ce bébé qui prend déjà toute la place, et toute l'attention de tout le monde, c'est moi qui me sens malade et c'est déjà pour lui qu'on se fait du souci.

Non non non ça va aller, j'ai dit, je veux bien juste un petit Doliprane. Tu as le droit ? Mais oui j'ai le droit. D'accord, il m'a répondu, de plus en plus inquiet pour le bébé. Quel cauchemar les femmes enceintes, il devait se dire aussi. Heureusement il n'a pas de point de comparaison et il doit croire qu'on est toutes comme ça, c'est ma chance. Bref, j'ai pris un petit Doliprane. Puis en cachette j'en ai pris cinq autres. Mais ça n'a servi à rien, la tristesse est passée mais c'est l'énervement qui a pris le relais et me voilà dans mon bureau, écorchée, surexcitée, je n'arrive pas à rester allongée, la tristesse comme une gomme à mâcher, et toujours cette foutue boule dans la gorge, je la sens, c'est presque une balle de tennis, j'étouffe, je vais ouvrir la fenêtre mais c'est comme ouvrir un four, aller me jeter dans la chaleur du dehors, tout m'oppresse, le ciel, les nuages, les voisins, les voitures, le monde des vivants, un type en bas qui chante bamboleo bambolea jobi joba à tue-tête, et puis surtout ce bureau qui servait de chambre à maman, l'air est irrespirable, chargé de son parfum, de l'odeur de ses vêtements, ça suinte la maladie, la douleur et la mort, ça s'est imprégné partout, je peux pas rester dans cette pièce, je peux toucher à rien, comment peut-elle être si présente alors qu'elle n'existe plus, comment son odeur peut-elle s'être incrustée comme ça alors qu'en comptant l'hôpital ça fait facile six mois qu'elle n'est plus là, j'ai envie de vomir.

Les chats viennent se frotter contre moi. Ils reniflent mes mollets en ronronnant. Ils se collent sur mon ventre. Moi je leur donne des petits coups de pied sournois. Ils n'ont pas l'habitude. Ils croient à un nouveau jeu. Cassez-vous, mais cassez-vous donc, les chats, ouste, plus envie d'avoir de chats, comment ai-je pu aimer les chats, holà les chats, je vous signale que je n'ai pas eu la toxoplasmose, alors zou du balai ! vous êtes juste tolérés ! c'est à cause de vous qui ne m'avez même pas refilé la toxoplasmose que je n'ai pas le droit de manger de crudités, de sushis, ni rien ! bien sûr je me gave de sushis quand même, en douce, quand Pablo a le dos tourné ou qu'il dort, c'est comme là, j'ai extrêmement envie de saumon cru, je me persuade de mon envie, je me concentre très fort sur le saumon cru, ça va faire diversion, ça va bien me consoler, est-ce qu'il n'y a pas du Gravlax au congélateur ? je l'avais acheté pour lui, Pablo, mais tant pis, tout le monde sait que quand on est enceinte on n'a pas d'envies juste des besoins, pas de lutte possible, tout devient irrépressible et c'est même la preuve qu'on va bien et qu'on est une vraie femme enceinte, je vais bien puisque j'ai faim.

Je suis debout devant le congélateur. Voyons, voyons, comment faire décongeler dare-dare mon Gravlax ? Ils disent mettre huit heures au réfrigérateur. Huit heures ? Sont dingues ou quoi ? Et quand c'est pour une urgence ? Je ne sais même pas si je vais pouvoir manger avec cette boule nouée dans ma gorge et on veut me faire attendre huit heures ? L'autre jour papa m'a appelée, affolé. J'espère que tu ne prends pas tes repas avec des couverts en plastique. Quoi ? En plastique, tu n'as pas entendu parler de cette étude ? C'est très dangereux le plastique pour les femmes enceintes, renseigne-toi, ça peut endommager le système urogénital du fœtus. Manquait plus que ça, le plastique ! Et le système urogénital du fœtus ! Tout pour me décourager, m'écœurer, me torturer ! C'est ma fille maintenant qui m'envoie un coup de pied dans le ventre. Je laisse tomber le Gravlax et retourne dans mon bureau, furieuse et vaguement honteuse d'avoir tenté de l'empoisonner.

Je me rallonge sur le canapé qui gratte. Mais ça ne va toujours pas. Je ne suis bien ni allongée ni debout. Ni avec ni sans Gravlax. C'est de plus en plus étrange. J'étouffe. Je veux enlever ce foulard qui me serre. Ah ben non, j'ai pas de foulard. Je me relève. Je vais regarder mes livres. J'en prends un au hasard. Je retourne m'allonger, attendre l'accalmie qui ne vient pas. J'ai froid. J'enfile mon manteau. Partout, sur les murs, entre les livres, partout, des photos encadrées de maman. J'ai envie de pleurer. J'ai envie d'appeler papa. Il comprend toujours tout, papa. Il a une explication à tout. Mais lui dire quoi ? J'ai peur ? Je ne veux plus être enceinte ? J'ai changé d'avis ? Je déteste cet état ? Je hais la gentillesse des gens, ceux qui savent, qui me traitent en malade, ou en convalescente, ou en sainte, avec des pincettes et des courbettes, bravo, félicitations, jolie maman, s'ils savaient ! une fille qui a juste fait l'amour et oublié sa pilule, est-ce qu'il y a tellement de quoi pavoiser et féliciter ? Et je hais aussi ceux qui ne savent pas, les cons dans la rue qui matent mes gros seins et me sifflent, ou ceux que je n'ai pas vus depuis longtemps et qui trouvent, je lis ça dans leurs yeux, que je ne m'arrange pas avec l'âge.

J'ai tout le temps l'estomac au bord des lèvres. Ça doit être pour faire de la place à l'utérus. Alors je me bourre de Primperan. C'est interdit d'en prendre trop. Mais c'est quoi, trop ? Je déteste avoir envie de fromage le matin et vomir le fromage, est-ce qu'il y a quelqu'un au monde qui s'inquiète que je vomisse trop de fromage le matin ? Et cette sensiblerie nouvelle. Et les larmes qui jaillissent toutes seules, pour n'importe quoi, n'importe quand : au Monoprix ils n'ont plus de raviolis, ce numéro sonne occupé, mon imprimante m'a lâchée, et avoir des boutons comme aujourd'hui, et ne plus pouvoir fermer mon jean, en cinq mois j'ai même pas pris deux kilos mais je me sens énorme, gonflée, cellulitique, dégueulasse, j'ai horreur de ce bide qui dépasse de mon tee-shirt, de ce corps qui se déforme, j'ai mal au dos, aux jambes, aux hanches, c'est le bébé qui pousse, qui ruse avec les organes pour se faire sa petite place, et les organes qui déplacent les humeurs, et les idées noires qui remontent, c'est un carnage ce bébé qui joue des coudes, qui se nourrit de moi, de ce que je mange, de ce à quoi je pense, qui absorbe tout, qui me pompe mon énergie, tout est si fatigant tout à coup, ce corps qu'il faut traîner dans les escaliers, ce souffle court, ces taches marron sur le front et les pommettes, et mes cheveux gras, je ne veux plus me regarder dans la glace, je ne veux plus que Pablo me regarde, c'est comme une chrysalide à l'envers, un papillon qui redeviendrait chenille, la maternité comme un épanouissement ? elles sont folles, le contraire, je redeviens l'ado vilaine et mal dans sa peau qui se bourrait de chocolat et avait peur de la lumière crue du soleil.

Je déteste les autres femmes enceintes de toute façon, je déteste leur air béat dans la rue, guilleret, comment elles font ? pourquoi elles se croient toutes obligées de faire semblant ? et leurs regards de connivence, et ce côté club des enceintes, on partage le même secret, on se comprend à demi-mot, envie de leur donner des coups de pied dans le ventre moi aussi, envie d'avoir huit ans, pas huit mois, non, pas retour au stade bébé, huit ans, sale gosse, méchante enfant, et qu'elles arrêtent de me gonfler avec leurs airs complices et attendris, oh Louise va être une si bonne mère, quand on a été une bonne fille on est bien équipée pour devenir une bonne mère, mon œil.

Tu es trop gentille, me disait papa quand j'étais petite. Sois un peu moins méchante, il me dit de temps en temps, maintenant. Il voit bien que je me fous de tout, que je suis un monstre, glacée et maussade, vide, creuse, toujours les mauvais réflexes, toujours partante pour les mauvaises pensées. Pablo a pris un coach par exemple, c'est pour mon film il a dit, mais moi je sais que c'est pour être en forme pour le nouveau bébé, je sais que c'est comme quand il court au Luxembourg tous les matins car il veut être un père parfait, et ça m'énerve aussi, ça m'énerve encore plus que les femmes enceintes, j'ai l'impression qu'il me nargue avec ses abdos tout neufs, moi aussi je veux un coach, moi aussi je veux être cool et positive, et puis je veux être comme avant, insouciante, juste un peu méchante, pas trop.

Vous vous rendez compte de votre chance m'avait dit la gynéco, le jour de la deuxième échographie ? C'est rare un futur papa si assidu, qui vient à tous les rendez-vous. Elle nous montrait l'écran, elle nous disait regardez, c'est son cœur, voyez comme il bat vite. Boum boum boum il soulevait l'écran. Boum boum boum boum il soulevait mon ventre. Il mesure dix centimètres, a continué le docteur. Dix centimètres, j'ai répété. Et d'un coup j'ai eu drôlement envie de pleurer. Ça veut dire quoi, dix centimètres ? Un têtard ? Une souris ? Et tandis que Pablo demandait si c'était normal dix centimètres à ce stade, si ça voulait pas dire qu'il allait rester petit par hasard, tandis que Pablo se renseignait, se passionnait, se rassurait, s'enthousiasmait, je suis repartie, moi, dans l'autre sens, l'autre bébé, le pas né, l'avorté, le tué, l'enfant mort il y a huit ans, et je me suis mise à pleurer.

Ça ne va pas du tout. Je transpire. J'ai froid. Je suis glacée, trempée, je claque des dents, remettre le foulard quel foulard, me lever à nouveau mais mon parquet est mou comme une bouillie, j'ai l'impression de devenir idiote, c'est comme si quelqu'un me marchait sur le cœur, le piétinait, le hachait menu, arrêtez, arrêtez, voilà qu'on me broie l'estomac maintenant, je retourne ouvrir la fenêtre, je respire un grand coup mais j'ai encore la tête qui me tourne, je vais pas sauter quand même ? je suis une tourterelle, un têtard de dix centimètres, un oiseau de nuit qui va s'envoler. La voisine du dessus, celle qui écoute le CD de Paula à fond les ballons toute la journée mais qui m'aime depuis qu'elle sait que je suis enceinte, me fait coucou avec la main et c'est comme si elle m'avait giflée. Mais qu'est-ce qu'elle fait là, celle-là, en pleine nuit, à sa fenêtre, peut-être qu'elle me nargue, qu'elle m'espionne, je fais un bond en arrière, ça va aller, ça va aller, revenir lui rendre son coucou, penser à faire installer des protections en Plexi sur les fenêtres à cause de l'enfant à venir, très dangereux les fenêtres a dit le copain pédiatre de Pablo, Pablo a dit d'accord d'accord avec son air partant pour tout qui m'énerve.

Je me sens mal, je lui dis, en déboulant finalement dans la chambre, hystérique, en larmes, hoquets dans la voix, morve séchée sur la joue. SOS Médecins, appelle SOS Médecins s'il te plaît, je ne suis plus du tout en colère, je ne suis plus du tout furieuse, j'ai juste très peur tout à coup. Il allume la lumière : quoi ? Il se redresse : qu'est-ce qu'il y a ? Il y a que je hais ma vie, j'ai peur, je fume, je vais être une mauvaise mère, c'est comment une bonne mère, je sais pas changer une couche, donner un bain, je n'ai jamais fait de baby-sitting, les enfants ne m'intéressent pas, je hais les enfants, pourquoi c'est sur moi que ça tombe d'avoir un enfant ? Mais heureusement je dis pas ça. Ce sont d'autres mots qui me sortent. Je me sens mal, je voudrais un médecin s'il te plaît. Un médecin, tu es sûre ? Il est affolé devant mon air gentil et désespéré. Il n'a pas l'habitude de me voir pleurer, et moi je n'ai pas l'habitude de le voir affolé, et moi aussi je m'affole alors. Je vais dire quoi au médecin ? Que j'ai arrêté les antidépresseurs et que ça ne me réussit pas ? Que ma mère est morte et revient me voir toutes les nuits dans mon bureau ? Que la journée youpi je suis toute gaie, le chagrin ne vient que la nuit, c'est la nuit que maman meurt, la nuit que maman agonise, et c'est une douleur inouïe et je me réveille et ce n'est pas juste un cauchemar ?

À Pablo je répète ça va aller, j'ai juste besoin que tu me prennes dans tes bras, toujours en manteau, toujours hoquetante, j'ai tellement envie d'un câlin, d'une douceur qui durerait toujours, me laisser faire, que tu me grattes les cheveux, que tu me caresses le bras, l'épaule, le dos, on est très tactiles, nous, dans la famille, maman massait si bien, papa aussi, toujours une caresse, les doigts, la nuque, même les ongles, ça résout tout, ça abrase les chagrins, ça anesthésie. Pablo me prend dans ses bras, un peu maladroit, les papouilles c'est pas son truc, mais ça me plaît, ça, chez lui, d'habitude : je lui demande un petit massage et au bout de trente secondes, vroum, il croit que c'est bon, on s'est bien chauffés, ça suffit maintenant, s'agit de passer aux choses sérieuses, où a-t-on vu qu'un massage est une fin en soi ? Mais là je n'ai pas envie de rire, ni de faire l'amour, je n'ai pas envie qu'il me caresse l'épaule et puis hop ! la main aux fesses, j'ai besoin que quelqu'un de beaucoup plus fort que moi, un as, un guerrier, un pas infirme, un lumineux, prenne les choses en main, ma vie, mon enfant, ma peine, mon deuil. Alors je le laisse me faire un peu mal, me pincer, me griffer, appuyer trop fort, me chatouiller, c'est pas grave, c'est gentil, c'est bon quand même, sûr qu'avoir une fille ça va lui apprendre la tendresse, il va être un si bon père, c'est vrai qu'il sera un père modèle, et puis il est si fort, mais moi j'ai si peur, c'est comme un gros oiseau au-dessus de ma tête et j'ai peur, et si l'enfant était anormal, et si toutes les cochonneries que j'ai prises étaient restées dans mes tissus pour passer dans les siens, un bébé en manque, une petite fille qui naîtrait déjà droguée, et si un jour on me retirait sa garde ? mère indigne, irresponsable, comme maman, papa dit toujours que c'est à elle que je ressemble, à maman, voilà, la boucle serait bouclée puisque Florence Aubenas est libérée.

J'ai le nez bouché, la gorge sèche et mal aux dents, et au ventre, et au pied, et à maman, c'est à maman que j'ai mal en fait, son cadavre dans mon ventre à côté de mon bébé, c'est peut-être pour ça qu'il poussait si fort tout à l'heure, peut-être que lui aussi ça lui fait mal d'avoir à partager avec maman, et Pablo qui se plaint, mais à voix basse heureusement, tout doux à mon oreille, je fais tout bien, je suis parfait, je réponds à tes demandes, j'anticipe le moindre de tes caprices, et il suffit qu'une fois ce soit un peu moins bien, et ça y est, c'est le drame, je suis une merde, tu exagères. Mais c'est si vrai ce qu'il dit, et c'est si dingue tout ça, moi en manteau dans mon lit avec Pablo qui me gratte l'épaule, que ça finit par me faire rigoler, ça va mieux tout à coup, ça s'apaise au-dedans de moi, peut-être que je suis juste arrivée au bout de la peine, peut-être que je ne peux pas avoir plus mal et que c'est aussi pour ça que ça va mieux. Je vais dans la salle de bains écrire sur mon calepin Je Jure Sur Ma Tête De Ne Pas Agresser Gratuitement Pablo Pendant Une Semaine. Je vais essayer de tenir trois jours. Combien de temps il va tenir lui ?

24

Je suis allée chez le coiffeur, j'ai demandé à être brune. Il me semblait que ça faisait sérieux, une maman brune. Moins jeune. Moins amateur. Je ne pouvais plus la jouer petite fille, de toute façon. La place serait bientôt prise. Je n'avais plus de mère, j'allais avoir un enfant, un enfant qui m'appellerait maman. Maman ? Oui, c'est moi. Je suis là. Plus possible de minauder. Ni de me dérober. De quoi est-ce que j'aurais l'air ? Au fur et à mesure que mon ventre s'arrondit, que ma fille en moi grandit, c'est l'enfance en moi qui s'éloigne. Faut apprendre à être adulte, je le sais. Mais comment on fait pour ça, quel livre on lit, quel conseil on prend, quels cours, quel mode d'emploi ? Être brune, ça me semble un bon début, vraiment. Le reste viendra tout seul.

Après le coiffeur, on a dîné chez Jo et Marie, tarte aux framboises, bœuf aux carottes, on a rigolé avec des fausses moustaches dessinées au bouchon de liège brûlé, un voisin venu en incruste a cassé l'ambiance en se dessinant la moustache de Hitler. Tout le monde y est allé de son pronostic : le 12 décembre (lune décroissante) ; non, le 26 (lune ascendante) ; non, après terme, comme tous les premiers bébés. Et puis, en fin de soirée, Pablo m'a dit à l'oreille les gens sont trop cons, je vais au Baron.

C'est sa façon, aller au Baron, d'attendre que ça se passe et que j'accouche. Ça me rend un petit peu triste, chaque fois, car j'aimerais bien, de temps en temps, y aller avec lui. Mais trop de fumée, trop de monde, pas pour moi, pas dans mon état, ils m'ont tous tellement intoxiquée avec mon état ! N'empêche, état ou pas, cette fois j'ai pas supporté. Je suis rentrée à la maison. J'ai fait des rangements en m'énervant. J'ai regardé des programmes idiots à la télé. Et, au bout d'un moment, j'en ai eu marre. Je n'en pouvais plus de l'imaginer dansant la lambada avec des putes russes de dix-sept ans et je suis allée le chercher, à 4 heures du matin, excédée.

Le videur me laisse entrer sans discuter. Je viens chercher mon mari, je crie en passant devant tout le monde, mon ventre comme un bouclier, en chaussons, mais non, Ducon, c'est pas des chaussons, c'est des chaussures de maman, t'as jamais entendu dire que les pieds enflent quand on est enceinte ? Elle les mettra plus, ses chaussures, puisqu'elle est morte, alors autant que ce soit moi, histoire de me donner un air de vraie maman.

Il a eu un moment d'hésitation. Puis oh là là celle-là, elle va me faire des histoires, je prends pas le risque, qu'elle entre. À l'intérieur les gens s'écartent comme la mer Rouge devant Moïse. Peut-être que je leur fais peur, mauvais œil, mauvais plan, et si elle nous faisait le coup d'accoucher, là, comme ça, juste pour nous emmerder ? Je retrouve Pablo affalé devant une bouteille de vodka, l'œil mi-clos, dodelinant de la tête, en train de montrer les photos des échographies à un Allemand bourré comme un coing.

Il les garde toujours sur lui, les échographies. On n'y voit pas grand-chose, surtout sur la première, celle qu'il préfère, je n'ai jamais compris pourquoi, et qu'il montre à tous les gens qu'il rencontre. Eux n'y voient qu'une tache, une goutte, une petite masse, une fumée. Mais, pour lui, c'est une vie. Une vie parmi des milliards de vies possibles. Cette vie-là. Pas une autre. Cette vie qui a choisi de s'installer ici, dans le ventre de sa Louise, comme dans une petite niche, et de s'y trouver bien, il paraît. Il s'y accroche tant qu'il peut, à cette vie. Il n'a que ça, lui. Il n'a pas le gros ventre. Il n'a pas les nausées, les pieds qui enflent, les chaussures qui ont l'air de chaussons. Alors, pour lui, c'est pas une goutte, c'est un océan. C'est pas une vie, c'est la vie. Il est si content. C'est son enfant.

Au début je me suis dit que, peut-être, maman allait s'y accrocher elle aussi. Peut-être même que ce serait une raison de vivre encore et que, donc, ça la sauverait. Il n'y en a plus, de raison ? En voici

149

une, maman. Voici un nouveau rôle pour toi, un nouveau jeu, une nouvelle comédie avec de nouvelles règles, de nouveaux acteurs, tu vas voir, ça va marcher, comme autrefois, quand j'étais petite et qu'on jouait à interpeller les gens dans la rue, à faire semblant d'être perdues, d'être belges, de chercher le Machu Picchu, la Joconde, les bijoux de la Castafiore, ton passeport, un gramme de shit, un ticket de métro poinçonné deux fois, un caillou, le chat. Mais j'ai trop tardé. Trop hésité. Et le jour où je me suis décidée et où j'ai apporté les photos de l'échographie à l'hôpital pour te dire, triomphante, maman je suis enceinte, tu étais déjà partie, dans les vapes, et tu ne m'as pas entendue.

D'ailleurs non. Pire encore. Car, plus j'y pense, plus je me passe et me repasse la scène, et plus je suis convaincue que, oui, en fait, tu m'as entendue. Tu t'es redressée sur ton oreiller, tu as ouvert grand les yeux et tu m'as évidemment entendue. Simplement, tu ne m'as pas crue. Il y avait dans ton regard ce même mélange d'incrédulité et d'énervement que quand j'étais petite et que je te racontais un crac : mais non tu n'es pas enceinte, disaient tes yeux, ne dis pas n'importe quoi, ma chérie, mon minou, comment veux-tu être enceinte, les petites filles ne sont pas enceintes, j'étais ton enfant, ton petit enfant qui délirait, tu étais en train de mourir, et tu as pensé que c'est moi qui délirais et tu n'as jamais su que ta fille était enceinte.

Ce soir-là, je laisse donc Pablo aller au Baron sans moi. Je le regrette presque tout de suite. Je le ramène à 4 heures du mat, il s'écroule et se met immédiatement à ronfler. Il ne sent pas très bon, d'accord. Il sent le tabac, la sueur, l'alcool de cette cochonnerie de Baron. Mais je me blottis quand même contre lui. C'est quand même lui, c'est toujours lui, il m'a tellement manqué et j'ai tellement envie qu'il se retourne et me serre, comme d'habitude, dans ses bras. Et puis, tout à coup, patatras ! Est-ce que c'est ce truc qu'ils m'ont annoncé et qu'ils appellent les contractions ? J'ai mal au ventre, je gémis, j'ai de plus en plus mal, j'essaie de le réveiller. Mais il est trop écrasé d'alcool et de sommeil, il gémit aussi, grommelle quelque chose sur l'échographie, mais ne réagit pas. Je dis bon, ben moi je me lève, je dois aller acheter du Spasfon, c'est bon. Ça, du coup, ça le réveille, et en sursaut. Non, laisse, j'y vais, il dit en faisant le geste de ramasser son pantalon. Non, non, je réponds, surtout pas, le Spasfon se prend en suppositoire, il est hors de question que ce soit lui qui aille le chercher, des fois qu'il lise la posologie dans le taxi et qu'il comprenne. Mais non, il insiste, de plus en plus réveillé, ce qui est hors de question c'est que je te laisse sortir seule, et dans ton état, et à 5 heures du matin, tu te rends compte ? Alors je dis non, non et non, plus mal de toute façon, fausse alerte, c'est passé. Et il se rendort rassuré, et je me contracte en silence dans mon coin, et j'avale trois Doliprane, et je m'endors moi aussi.

À 2 heures de l'après-midi, on se lève pour de bon, c'est samedi, c'est chouette, j'ai même plus mal, c'est vrai cette fois, plus mal du tout, on va déjeuner au Mazarin, j'allume une bonne cigarette, et, là, zut et zut, re-fausse alerte, mais dans l'autre sens, les contractions reviennent, elles sont rapprochées maintenant, très fortes, comme des coups dans le ventre, c'est bizarre. J'appelle Samia, la sage-femme. Je ne l'ai vue qu'une fois, mais qui appeler d'autre ? On ne dérange pas les docteurs le samedi. Et papa est loin, très loin, il est sûrement dans un décalage horaire. Faut pas rester comme ça, me crie Samia. Est-ce que je vous avais pas dit qu'il fallait foncer à la clinique dès les premières contractions ? Mais moi, je ne sais plus. Ça fait des mois que j'attends ce moment, c'est vrai. Des mois que j'ai envie d'en finir avec ce gros ventre, ces jeans qu'il faut cisailler dans le dos, ces bouffées de chaleur dégueulasses, ces faims idiotes. Et c'est vrai que, par rapport à tout ça, foncer à la clinique comme dit Samia c'est tentant. Mais en même temps… Encore un peu enceinte, encore un peu irresponsable, encore un peu de sourires des gens dans la rue, de regards sur mon ventre, de commentaires, de félicitations, c'est pas si désagréable que ça non plus. Ça va pas durer, je me dis. Et ça a beau m'agacer, j'ai beau avoir envie de les envoyer tous au diable quand ils me font le coup de la mort de la mère et de la naissance de l'enfant, une part de moi trouve quand même bête de pas en profiter encore un peu.

Alors, je mens. Je dis à Pablo, en raccrochant, que la sage-femme m'a juste conseillé, si ça continue, d'aller lundi à la clinique pour un contrôle mais que, pour le moment, tout va très bien. Pablo est rassuré. Il fait des super-blagues. Il est le roi du quartier. Il invite la table à côté en leur disant c'est elle, ma femme, elle est enceinte, elle va accoucher, pas aujourd'hui bien sûr, on serait pas là, fêtons ça. Mais j'ai quand même mal, mine de rien. Ça n'a pas l'air de se calmer. Alors, au moment du café, je dis bon, je vais aller y faire un saut à la clinique, comme ça je repère, je m'acclimate. Pablo m'embrasse. Il doit filer en banlieue pour son film. C'est une petite scène de rien du tout, il me rassure. J'en ai pas pour longtemps et, après, on s'occupe de Noël, des guirlandes, du sapin, du pain d'épices, des cadeaux pour le futur bébé, à tout à l'heure mon cœur. C'est un taxi-moto qui vient le chercher. Il est content. Il part en pétaradant. La vie est une fête, il adore les taxis-motos et du moment que je n'ai pas encore mes contractions…

Dans le taxi le chauffeur me demande : alors, c'est le Grand Jour ? Oh non, je dis, en lui faisant un sourire qui doit ressembler à une grimace tellement j'ai mal. Vous croyez que je serais comme ça, toute seule, sans mon mari, si c'était le Grand Jour ? C'est juste une visite. J'en ai pour dix minutes, pas plus. Vous pouvez m'attendre devant, s'il vous plaît ? Après, je dois acheter mon sapin de Noël, et passer au Monoprix, ils livrent à domicile, c'est facile. À la clinique, bien sûr, ils m'ont gardée. Le taxi m'a attendue une heure. Il a fait un scandale à la réception. Mais je suis arrivée tellement mal, tellement pliée en deux, qu'ils n'ont pas pu faire le rapprochement avec la fille qui avait dit au taxi attendez-moi dix minutes et, après, on file au Monoprix.

Il paraît qu'il y a des femmes qui refusent la péridurale. Moi, j'ai exigé la péridurale. J'ai exigé aussi que Pablo revienne tout de suite, sans délai, envoie-les au diable avec leur film, je n'accoucherai pas tant que tu ne seras pas là, j'ai trop peur, j'ai trop mal, d'ailleurs c'est moi qui décide si je veux accoucher ou pas, et là je ne suis pas prête, je n'ai pas de minipyjamas, pas de doudous, pas de tétines, faut que tu viennes et que tu leur expliques, je ne veux pas accoucher, jamais, dis-leur de ne pas me toucher. Je veux accoucher quand je veux, d'abord. Et si je veux. Et pas, si je veux pas. Est-ce que c'est pas comme le bac, un accouchement ? Comme gagner au loto ? Comme avoir un césar ? Tous ces trucs qui peuvent arriver et ne pas arriver, ça dépend, c'est comme on veut, comme ça vient, on sait pas.

On m'a donné des calmants qui ne m'ont pas du tout calmée. Quand Pablo est arrivé, maquillé, les cheveux gominés, affolé, j'étais en plein fou rire, je m'étranglais entre deux contractions. Ils étaient marrants, tous, avec leurs blouses bleues, leurs charlottes sur les cheveux, leur air affairé, et maintenant Pablo torse nu sous sa veste, avec son maquillage bizarre, ses chaussures que j'avais jamais vues, des grandes tatanes à scratch, c'est trop tordant, est-ce que je me tords de rire ou de douleur ? Finalement, ils ont décidé de m'ouvrir le ventre, je n'ai pas bien compris pourquoi, peut-être qu'ils en avaient juste assez de me voir rire comme une idiote et crier entre deux fous rires j'ai mal ! j'ai mal ! Je n'ai pas tellement protesté non plus. Je les ai laissés faire. J'étais pressée d'en finir, j'ai beau dire. Plus avoir mal, plus ces rires qui me faisaient encore plus mal, et que Pablo puisse retourner sur son tournage ou en tout cas se démaquiller, j'en avais marre.

Eux aussi, j'imagine, commençaient à flipper. J'ai appris, longtemps après, que papa avait téléphoné pour menacer : je vous préviens, hein, très calmement je vous préviens que s'il arrive ne serait-ce qu'un bobo à ma fifille adorée, je vous pète les dents à tous, anesthésiste, toubib, infirmières, tous. Il a tellement stressé le chirurgien que sa main a tremblé, et que j'ai une drôle de cicatrice en zigzag. Mais je n'ai pas eu bobo.

25

Nous trois, dans le lit de la clinique. Pablo est
venu s'installer là, à côté de nous, de moi épuisée et
anesthésiée, d'Angèle endormie et le sourire rassa-
sié, il tire sur nous la couverture de laine, sur cette
famille nouvelle, sur cette famille qui vient de naître
– sur cette famille qui est née, est-ce qu'il s'en rend
compte ? sur le corps mort de maman, sur ma tristesse qui veille, sur mes pleurs qui ont fini par
venir, mais le matin de la naissance, à contresens,
c'est malin.

Qu'est-ce qui pèse plus lourd, un kilo de plume
ou un kilo de plomb ? Un kilo de chagrin ou un kilo
de joie ? Personne n'ose être vraiment triste, personne n'ose être gai non plus, personne n'ose res-
sentir quoi que ce soit, on est dans un drôle de pays,
ce pays de la mort et de la vie, à mi-vie, à mi-mort,
une halte dans le temps. Mon cœur bat si fort, est-
ce qu'on l'entend, est-ce que ça risque de réveiller
ma fille toute neuve qui s'est endormie contre

nous ? Ma peine est infinie, envahissante, absolue, mais, pour moi, pour nous deux, pour nous trois, parce qu'il faut bien penser à autre chose, repartir, recommencer de rire et de vivre, je décide de la remiser loin derrière, ou loin devant, et loin de nous. J'aurai le temps plus tard, je me dis, pour le chagrin. J'ai toute la vie pour pleurer la mort de ma mère.

Quand l'infirmière l'a posée, si petite, sur ma poitrine, j'ai inventé mes premières caresses, mes premiers baisers, mon premier souffle de maman, son petit corps contre le mien, ces gestes neufs et étrangement familiers, cet amour tout frais mais que je connais si bien. Ma toute belle je lui ai dit, ces mots qui viennent de si loin, ma toute belle me disait maman quand j'étais petite, ma toute belle, je n'en reviens pas qu'elle soit si réussie, la précision de ses traits, de ses petites oreilles, de ses paupières, elle est parfaite, je l'ai reconnue tout de suite, c'est Elle évidemment, on se connaît si bien, il n'y avait personne et maintenant il y a quelqu'un et je suis la mère de ce quelqu'un.

J'ai décidé d'arrêter de fumer, là, en voyant son petit museau tout frémissant près de mes lèvres. Je me suis dit il faut que je sois forte, pas de drogue pas de bêtises pas de prison, vivre vieille et longtemps pour elle, pour qu'elle ait une vraie maman à elle, c'est si important une maman ! Et là, déjà, pour ne pas perdre de temps, j'ai vu que je sentais le tabac et que, petite comme elle était, ça pouvait la dégoûter. Même enceinte je fumais, un peu moins forcément, mais enfin je fumais, en cachette au début, ne surtout rien montrer à Pablo, m'asperger de parfum avant qu'il rentre, et puis merde, dans la rue aussi, mon ventre en avant, en évidence, les volutes qui me suivaient, m'enveloppaient, faisaient rempart entre moi et les gens, entre moi et le monde, me protégeaient de leur gentillesse, de leur empathie, de leurs sourires débiles. Ils étaient furieux, indignés comme il n'est pas possible, la criminelle ils murmuraient, la dégueulasse c'est ça qu'ils se disaient. Mais c'est qui ces gens ? Ceux qui ont encore leur mère à aimer, moi je n'ai plus de mère, et je suis enceinte, et je fume, voilà, c'est comme ça, c'est pas plus compliqué que ça.

Maintenant je ne tolère plus qu'on fume en sa présence. J'ai acheté une poussette haute pour qu'elle soit loin des pots d'échappement. Je suis devenue une obsessionnelle antitabac. Après l'avoir bien asphyxiée pendant huit mois je suis devenue intraitable, intégriste, sans pitié, reconnaissant l'odeur à vingt mètres, imbattable. Pressée de sortir elle était, je la comprends, moi je suis carrément sortie à sept mois et demi, de l'air ! de l'air ! s'est dit la Louise embryonnaire dans le ventre de sa maman qui devait être intoxiqué de tabac lui aussi, et je suis née alors que personne ne s'y attendait, surtout pas maman qui sillonnait Paris deux heures plus tôt dans sa voiture aux suspensions cassées, et encore moins papa tellement peu préparé à son rôle de jeune papa que l'infirmière, en le voyant tout empoté dans sa salopette à la Coluche, lui a dit allez allez, mon petit bonhomme, faut pas rester dans nos pattes comme ça, tu vois bien que ta maman est en train d'accoucher. Pardon, mon Angèle bébé, pardon, je ne savais pas que c'est à toi que je faisais du mal, mon cendrier posé en équilibre sur mon gros ventre, c'est pratique je pensais, c'était moi ce gros ventre, ce n'était pas déjà toi, je m'en veux tellement, je regrette.

Maman a arrêté de fumer dès qu'elle a su qu'elle avait un cancer. J'ai trouvé ça absurde, à l'époque. Moi j'aurais continué. Chaque cigarette est une minichimio, je pensais. Chaque bouffée tue des millions et des millions de cellules, des saines mais aussi des vilaines, la clope fait pas dans le détail, elle tire dans le tas, elle chauffe à blanc la maladie, c'est une brute. Mais non. Elle, elle voulait se refaire une santé. Elle se disait tant qu'à faire autant en profiter pour blanchir les années de défonce, passer à la sainteté, se convertir en folle du thé vert et de la chronodiététique. Maman, à la fin, ne mangeait plus que bio. De la bonne nourriture bien saine pour les horribles cellules qui prolifèrent. La chair déjà en train de pourrir et cette volonté de se faire un corps d'éther. Comme si ça pouvait inverser le processus. Comme si toutes ces années d'héroïne et de mauvais vin, cette application à s'autodétruire, ces dents déchaussées, ce beau visage fané et où j'étais la dernière à reconnaître l'expression lointaine et embrumée de la plus belle femme du monde, comme si tout cela pouvait se diluer dans de la soupe miso. Alchimiste de soi. La cochonnerie

160

de ses années de plomb transmuée en or fin, en élixir de santé, en humeurs subtiles et magnifiques, petite maman.

Ma fille contre moi qui tète l'air avec frénésie. Au bout de trois jours, j'ai décidé d'arrêter le sein, fini le lait bien nourrissant de mes seins en bonne santé, maman n'en avait plus qu'un, majestueux, plein, insolent, l'autre était tellement plein de tumeurs que les médecins, quand ils ont ouvert, ont poussé un cri de surprise et d'effroi. Le bon lait maternel que je ne lui donnerai pas, les bons anticorps, la bonne fusion, je ne veux pas de cette fusion-là, elle me dégoûte, on s'aime et puis on souffre et puis on est une mère indigne et on meurt. La nouvelle de mon refus d'allaiter s'est répandue dans le service et ils sont tous venus à la queue leu leu essayer de me faire changer d'avis jusqu'à ce que je crie et hurle et menace de tout jeter par la fenêtre de ma chambre si on ne me fichait pas la paix. Ils ont eu peur, je crois.

Je ne pleure pas maman, c'est le bébé qui prend le relais, il a pleuré sans s'arrêter pendant toute la première semaine, nuit et jour, ne s'interrompant que pour téter goulûment le biberon que parfois Pablo lui donnait, tristement, il aurait tellement aimé que j'allaite, c'est ce que font les mères normales, alors ce petit biberon qu'il tenait les doigts en pince et la mine un peu dégoûtée, ce petit biberon c'est ma première faute, le premier signe de mon échec, à peine quelques jours et déjà une mauvaise mère, je le savais, je l'avais dit, il ne m'a pas

161

écoutée mais c'est exactement ce que je lui ai dit, j'espère au moins qu'il l'a oublié.

Pablo, mon chéri. Je n'avais prévenu personne à l'hôpital qu'il tournait un film d'horreur en ce moment. Alors, le jour de l'accouchement, il a expédié la scène, il a joué comme un cochon et il est arrivé comme un fou, pas le temps de se démaquiller, du faux sang sur le visage, des griffures sur les bras, un œil au beurre noir, et cet air épuisé qu'on a quand on croit en Dieu, aux prières, aux miracles, et qu'on se sent un peu responsable des hasards prodigieux de la vie. Les infirmières, après ça, n'ont jamais pu le regarder normalement. Elles n'ont jamais pu croire que, lui non plus, il puisse être un père normal. Et pourtant.

Papa dans l'encadrement de la porte. Grand et livide. Son air soucieux, embarrassé. Il rentre de New York. Il y retourne dans une heure. Il a fait sept heures d'avion coincé entre deux gros types qui jouaient à la PlayStation et il va en faire autant dans l'autre sens pour rattraper ses rendez-vous. Même les douaniers américains ont trouvé le truc louche. Et les ordinateurs de JFK n'ont pas voulu cracher sa carte d'embarquement quand ils ont vu qu'il réembarquerait aussi sec, le lendemain matin, dans le même appareil, juste le temps de sauter sur une moto et de venir embrasser sa fille et sa petite-fille. Qui franchement pouvait croire à une histoire pareille ? Est-ce qu'il y a quelqu'un d'autre que lui pour, quand sa fille accouche, dire aux gens avec qui il discute, excusez-moi une seconde, je

m'absente mais je reviens de suite, et revenir le lendemain, juste un peu en retard, après six mille kilo-
mètres multipliés par deux, et même pas vraiment
fatigué ? Il a failli le louper, du coup, son avion. On
l'a tellement cuisiné de questions, on l'a tellement
pris pour un terroriste, qu'il a failli ne pas y arriver.
Mais non. Il est là. Et je lis dans ses yeux que, pour
l'allaitement, il a tout de suite compris qu'il valait
mieux ne pas insister.

26

C'est fou tout ce qu'il y a à faire après la mort.

Il y a de la poussière déjà, partout, comme une gaze, ou une dentelle, qui s'est déposée dans tous les coins.

Il y a des livres, des bocaux de coquillages, des sculptures en papier mâché, des faux bijoux, des perruques blondes et rousses, des notices de médicaments disparus, des lettres de garçons dont les noms ne me disent rien, des bougies, des écharpes, des abat-jour de perle, des robes démodées, des foulards indiens, un col en faux astrakan.

Il y a, punaisées ou scotchées sur les murs, des photos de moi dans des cadres de carton ; la photo d'un Indien enturbanné avec, marqué au crayon, presque invisible, Goa 1967 ; des cartes postales ; des images type poster ; la une du *Monde* du jour de ma naissance ; une double page du journal *Combat*, toute jaunie, avec un reportage de papa au Bangladesh ; une carte de visite de l'agence Arlette

Fournet, son agence de mannequins des débuts, 24 rue de la Ferme, Sablons 65 12 ; la reproduction d'une ceinture en cuir et coquillages, pièce unique, rue Saint-André-des-Arts, Gudule ; maman en maillot de bain ; maman en pantalon satin et cuir façon croco ; maman et Bob Colacello à New York, à dix-huit ans ; maman en Courrèges, Guy Laroche, Louis Féraud ; maman, à Rome, à la même époque, défilant avec papa au premier rang ; maman avait horreur du vide ; il n'y a pas un centimètre de mur libre, pas un ; même pas possible de savoir de quelle couleur était le mur tellement il est recouvert.

Il y a le frigo aussi et, dans le frigo, des kilos de tofu, un demi-rocher Suchard à demi croqué puis réemballé, elle devait le garder pour se faire plaisir plus tard, ou pour se récompenser si elle suivait bien sa chimio.

Il y a les meubles, les crèmes La Prairie pas entamées, sa tasse marquée Alice, un chapeau qu'elle n'a jamais mis, une mèche de cheveux blonds, des maillots de bain Eres super-sexy, son book de mannequin que j'ai cherché partout, j'ai tout mis sens dessus dessous, et j'ai fini par le trouver planqué dans la cuisine, derrière la gazinière.

Il y a tout ce qui n'est plus là parce que je l'ai déjà pris, la veille de l'enterrement, pour lui faire une petite valise et la déposer dans le cercueil. J'y avais mis des choses à manger, des cigarettes, des livres dédicacés de papa, des photos de moi enfant, d'elle et papa heureux, une carte postale de Houat, le pull doux-doux dont elle s'enveloppait pour dor-

166

mir, le cercueil était grand ça tombait bien, j'avais choisi le modèle orme super-luxe avec garnitures étanches, poignées rosaces, capitonnage en taffetas gris-bleu, six tailles trop grand pour bien avoir la place, comme pour les enfants qui ont quatre ans et qu'on habille déjà en huit ans.

Je ne suis pas triste. Non, triste n'est pas le mot. Il y a ce tiraillement, ce pincement, comme le souvenir d'un chagrin, mais ce n'est pas du chagrin, il n'y a pas de place pour le chagrin dans ma vie, pas de place pour le deuil.

Quand je sors de l'appartement, j'entends le bruit d'une fête qui vient de chez les voisins, de l'autre côté de la cour. Ce sont des éclats de rire, des gens qui boivent, un garçon et une fille qui s'enlacent dans l'embrasure d'une fenêtre, une fête qui n'est pas pour moi, mais je m'imagine entrant, je me force à nous imaginer, Pablo et moi, à la place du garçon et de la fille, est-ce qu'il y aura encore des fêtes pour moi ? bien sûr que oui, il le faut.

Devant les poubelles, je vois le dos voûté d'une femme, pas si vieille, qui ramasse les magazines que les gens ont jetés. Ah c'est vous, vous étiez sa fille, elle me dit en se redressant, d'une voix abîmée par le mauvais alcool ? Ah çà, c'était une enquiqui-neuse, votre maman, mais elle avait du cœur, et quelle dame ! quelle dame ! une fois que j'avais rien à manger elle m'a offert des vol-au-vent ! quand elle avait cent sous, il y en avait toujours la moitié pour ceux qui comme moi n'avaient rien ! on sen-tait l'éducation, la grande dame je vous dis.

Dehors, dans la rue, tout est pareil, rien n'a changé, les gens se hâtent, ils rentrent chez eux. Maman ? C'est moi, je suis rentrée. Quelle est ma place, maintenant, dans ce monde sans maman ? Je ne sais pas. Je ne sens rien. Un jour, avant l'accouchement, la gynéco m'a demandé si maman avait pris du distibilène. Je n'en sais rien non plus, je lui ai dit. Je n'en sais pas plus aujourd'hui. Comment savoir ?

27

Parfois, des gens que je connais à peine me demandent de ses nouvelles. Mais comme je suis méchante, je les torture un peu. Maman ? Elle est morte, je réponds en souriant, froidement, sans ciller, mais comme j'aurais dit maman est au ciné. Elle est morte, je leur répète, en les regardant droit dans les yeux, en les forçant à baisser les leurs, à encaisser. Il n'y a plus de Maman. Il n'y a plus que Maman-est-morte. Sa-mère-est-morte, Alice-est-morte, c'est un fait, c'est établi, j'ai les papiers, je peux le prouver. C'est comme ça qu'elle existe, maintenant, maman. Maman-est-morte, c'est le nouveau nom de maman. Et c'est ma façon, aussi, de mettre une barrière entre eux et moi, entre sa mort et leur pitié sirupeuse, surjouée, indécente. Et c'est ma façon, encore, de leur refiler quand même un bout de ma peine. Même s'ils font semblant, ça fait rien. C'est bien qu'ils la pleurent aussi un peu, qu'ils m'allègent de ce chagrin, s'il vous plaît aidez-moi, je suis en train de commencer d'élever un enfant, je n'ai pas le temps de pleurer, ce n'est pas bon pour sa santé, son moral, sa psyché. Je veux apprendre sa mort à tout le monde. Je veux que tout le monde se sente obligé de la pleurer un peu. Quand j'étais petite, j'étais comme tous les enfants, je pensais que je ne survivrais pas à ma mère, que je mourrais de chagrin à la seconde même de sa mort. Je ne suis pas morte de chagrin. Maman est morte, je suis maman, voilà, c'est simple, c'est aussi simple que ça, c'est notre histoire à toutes les trois. Tu en mets du temps à raconter les histoires, je me disais quand elle me racontait une histoire dans mon lit. Là c'est allé vite, si vite, le regard de maman dans le regard de ma fille, c'est là qu'elle est, c'est là que je la retrouve, et dans ses gestes aussi, dans les gestes impatients, un peu brusques, de ma petite fille doublement aimée. Maman vit en Angèle qui court sur une pelouse interdite. Maman me parle et me sourit quand Angèle lance son regard de défi aux adultes qui la rattrapent et la grondent. Maman est là quand Angèle tombe et se relève aussitôt, les dents serrées, pour ne pas pleurer. Elle est dans le cri qu'elle ne pousse pas, dans sa petite grimace d'enfant crâne qui ne compose pas. Partout, dans mon enfant, ma mère a laissé son empreinte.

28

Le jour de mon anniversaire, je veux dire le vrai, celui que je hais, celui qui est, pour Pablo, un jour comme les autres puisqu'il croit que je suis née deux mois plus tard, maman a décidé d'aller lui dire la vérité. Peut-être parce qu'elle a la manie de la vérité. Parce qu'elle trouve que je mens trop, que ça n'a pas de sens, que ça me fait du mal, que je ferais mieux d'écrire. Peut-être aussi parce que ça la vexe, ma date d'anniversaire c'est une des rares choses que je lui dois. Elle l'aperçoit dans la rue. Elle lui court après, le rattrape, tout essoufflée, la perruque de travers, son gros bras qui pend, son sein comme un reproche. Tu sais quel jour on est ? Pablo, interloqué, l'écoute et, bien entendu, me le raconte. C'est même la première chose qu'il me raconte, ce soir-là, en rentrant. Et je suis tellement furieuse, je me sens tellement nue, tellement trahie, que, pour me venger, je lui dis c'est maman qui débloque, elle raconte n'importe quoi, c'est elle la menteuse, tu ne vas quand même pas la croire, pourquoi je te mentirais pour deux mois en plus ou en moins, faudrait être cinglée et tu ne m'aimerais pas si j'étais cinglée, si ?

Oh là là, il s'inquiète, mais elle va pas bien, ta mère, ou quoi ? Elle a repris de la drogue à ton avis ? Et, comme je suis vraiment folle de rage, je descends me calmer sur le trottoir et l'appelle de mon portable. Mais de quel droit ? Hein, de quel droit ? Tu sais bien que je mens tout le temps, c'est comme ça, c'est pas spécifique à la date, ça me protège, ça me fait du bien, c'est peut-être quand je mens que je suis le plus sincère et, de toute façon, de quoi tu te mêles, moi je ne sais jamais quel âge ont les gens, l'autre jour c'était l'anniversaire de papa, dîner de famille, j'ai cru qu'on fêtait ses soixante ans, il était mortifié, je m'en fous complètement, je serai ravi quand j'aurai soixante ans, mais le fait est que je ne les ai pas. C'est même pas un mensonge dans le fond. C'est juste pas clair, ces histoires d'âge. Ça bouge sans arrêt, les âges. À peine le temps de s'y faire qu'il faut déjà en changer. Je suis toujours obligée de calculer quand on me demande quel âge j'ai. Même pour toi, maman, c'est pareil, je n'ai jamais su quel âge tu avais, ni quel jour tu étais née, ça ne m'a jamais intéressée, je voulais juste pas que tu vieillisses, ni que tu sois malade, ni que tu meures, c'est tout.

Le jour de sa mort, à l'hôpital, il fallait aller dans plein de bureaux différents remplir plein de formulaires. Pablo m'accompagnait, gentil, attentionné, prodigieusement efficace, il voulait m'aider, il m'aidait, mais la seule chose dont j'avais peur, la seule chose qui comptait, la seule chose à laquelle je pensais, mon idée fixe, c'était : comment faire pour qu'il ne voie pas, sur les formulaires que je remplissais, que je lui ai menti sur ma date d'anniversaire.

Le jour de sa mort, je ne sais même pas quel jour c'était, ni quel âge elle avait, aux gens je dis cinquante ans, ça doit être à peu près ça, je pourrais calculer, je ne calcule pas, j'ai trop peur de m'en souvenir, trop peur d'être triste ce jour-là, je suis maman moi aussi, je ne sais pas grand-chose mais je sais qu'il ne faut pas qu'une maman soit trop triste et je préfère donc oublier le jour de la mort de maman. Je sais que ça ne sert à rien, bien sûr. Je sais que, tous les ans, je m'en souviendrai quand même, ou que quelque chose en moi s'en souviendra, et que j'aurai une otite, un accident, un cauchemar. Je sais que la date me poursuivra, que je vieillirai à la place de maman, que je prendrai chaque année deux ans, un pour moi, un pour elle, jusqu'au jour où je serai plus vieille qu'elle et que le temps m'aura rattrapée, il ne suffit pas de dire je ne crois pas au temps pour que le temps n'existe pas et qu'on ne souffre pas atrocement le jour de l'anniversaire de la naissance ou de la mort de sa maman. Mais c'est ainsi. Je suis ainsi. Mauvaise fille.

Ce jour où, sur le trottoir, furieuse, écumante, je l'ai grondée de toutes mes forces, elle s'est retenue sur le moment et puis, après, elle a pleuré. Je sens,

173

au téléphone, un pleur sans larmes, presque sans mots, elle me demande juste pardon, et elle me dit qu'elle a honte. C'est moi qui devrais avoir honte. Aujourd'hui c'est moi qui ai honte. C'est trop tard mais j'ai honte. J'ai honte de tout. J'ai honte de moi. J'ai honte de mon égoïsme, de ma vanité. Mais, ce jour-là, je suis trop en colère pour avoir honte. Je la trouve d'une sensiblerie idiote. Je veux être un roc, je veux être dure, je veux être comme elle avant, quand elle était impitoyable, insupportable, souveraine, une vraie reine, il faisait jour quand elle disait il fait jour, il faisait nuit quand elle décidait qu'il faisait nuit, rien ni personne ne lui résistait, elle était immortelle, éternelle, c'était elle la vraie maîtresse du temps et je me sens, moi, si pathétique, si faible, déjà vaincue, au secours.

Faire les machines. Défaire les machines. Trier le linge. Choisir le programme, selon le degré de salissure et la matière des vêtements. Laver avec les nôtres ou séparément. Assouplissant ou non. Peluches bodys pyjamas serviettes. Étendre le linge. Le plier le ranger. Habiller Angèle déshabiller Angèle. Lui essayer des robes, des jeans, ses cadeaux chic, ses nouveaux vêtements Sonia Rykiel trop grands, mettre de côté les vêtements étriqués, elle grandit si vite, en faire quoi, les donner à qui, ne pas réussir à me décider, les plier, les ranger à tout hasard, peut-être qu'Angèle va redevenir petite et les porter à nouveau, qu'est-ce que j'en sais. Vérifier les couches, capter son regard, lui sourire, attendre sa réponse, la masser avec de l'huile d'amande douce, essayer les guiliguilis, ne pas réussir à la faire rire, lui faire faire des exercices anticoliques, stériliser les biberons deux fois de suite c'est plus sûr, attendre le petit rototo, mettre mon petit doigt dans sa bouche quand rien ne marche pour arrêter les pleurs et quand nécessité de la calmer dare-dare, aérer sa chambre quand il y a un invité, traquer la poussière, la balader d'une pièce à l'autre, la mettre dans le Baby-Björn à l'endroit et à l'envers, faire sécher les bavoirs, la sortir, lui montrer le quartier, avoir peur de la pluie du vent du soleil de tout, faire des photos, faire développer les photos, classer les photos, emailer les photos, la regarder dormir, m'inquiéter quand elle ne bouge pas, la toucher pour vérifier qu'elle bouge, la réveiller c'est malin, ne pas réussir à la rendormir, avoir l'impression que les pleurs ne s'arrêteront jamais, qu'elle pleure depuis mille ans, me dire bon dans cinq minutes j'appelle SOS Médecins, réussir à la calmer, en être fière, ne plus savoir si je lui ai déjà donné ses vitamines, lui redonner ses vitamines, culpabiliser, lui faire sucer du miel contre le hoquet, m'ennuyer quand elle dort, essayer de bouquiner mais ne pas y arriver, ne plus ouvrir un journal, ni écrire, ne plus avoir d'autre sujet de conversation, ranger l'appartement, réorganiser sa chambre, commander des choses absurdes sur internet, matelas antirégurgitation, couverture miracle, doudou magique, modèles de poussettes futuristes ou aérodynamiques, porte-clés antistress, gratte-dos Kikkerland, chauffe-biberons à écran digital, boîte à musique waterproof pour le bain, chaussons chauffants, regarder mon ventre encore un peu gros, être horrifiée, m'enduire d'huile anti-eau et manger trois tablettes de chocolat aux noisettes Milka, déplier la chemise de nuit Sabbia Rosa taille 34-36 que ma meilleure copine m'a offerte à la clinique et que je serai contente de mettre quand j'aurai maigri, je venais juste d'accoucher, je regardais avec appétit le plateau-repas de la clinique, et elle m'a dit bon ça suffit, et elle est allée le déposer, par terre, à la porte, comme les plateaux du room service à l'hôtel ou comme les chaussures que les clients, le soir, avant de se coucher, laissent dans le couloir pour qu'on les cire et que mes parents, à l'époque où ils quittaient les hôtels sans payer, piquaient et changeaient d'étage, mâcher des Nicorette, vouloir téléphoner à maman, me rendre compte que je ne me souviens plus de son numéro, avoir terriblement envie de pleurer, ne pas pleurer, avoir l'impression qu'Angèle s'est tellement imprégnée de ma tristesse que c'est elle, maintenant, qui pleure à ma place, c'est normal, c'est ma vie, je suis contente comme ça.

Angèle aime les cimetières, et les églises. C'est peut-être lié. Ou peut-être que je lui ai transmis ma tristesse, dans mon ventre, en même temps que je lui passais les lipides, les glucides, les vitamines. On a attendu deux ans son premier sourire. On a pleuré quand il est enfin arrivé. Elle aussi elle a pleuré parce qu'elle a cru qu'elle avait fait une bêtise. Et puis aussi parce qu'on l'a couverte de baisers et qu'elle déteste qu'on l'embrasse, et qu'elle déteste embrasser, elle le fait parfois, mais par obligation, smac, du bout des lèvres, pour avoir la paix, pour passer à autre chose, pour qu'on passe à autre chose et qu'on lui fiche la paix.

C'est quoi ça, elle m'a demandé, la dernière fois, en voyant les dizaines de cierges allumés à l'entrée de l'église Saint-Germain-des-Prés ? C'est rien, j'ai répondu, furieuse, c'est du folklore, ça marche pas, c'est des bêtises. J'en ai allumé combien, moi, des cierges, pour maman ? J'ai inventé et récité combien de prières, moi qui ne crois en rien ? Et, pour qu'elle vive jusqu'à elle, pour que ma mère puisse voir ma fille, au moins la voir, la prendre dans ses bras, réessayer avec elle ce qu'elle a manqué avec moi, réécrire l'histoire, reprendre son petit brouillon, combien d'implorations de toutes les versions du ciel et du bon Dieu ? Intimidée dans les églises, Au nom de la Mère et de la Fille et du Saint-Esprit, allant faire la queue pour l'hostie, me rappelant que je ne suis pas baptisée, mettant l'hostie dans ma poche sous le regard courroucé du prêtre, puis direction la synagogue, me trompant de côté, allant vers celui des hommes, revenant cramoisie à ma place, *Baroukh atta Adonaï Eloheinou melekh Adonaï hochiy'ah hamélékh yé'anéhou Véyom korénou*, et puis décidant enfin de m'adresser à Dieu directement, en parlant aux nuages, à la lune, au vent, au diable les prêtres, au diable, j'en ai marre.

Oh, ne dis pas des choses pareilles, m'a reproché Pablo, alors que nous visitions, avec Angèle, la belle chapelle romane du Castelo dos Mouros de Sintra. Mais si. Je suis comme ça. Je pense ça. Et j'ai laissé Angèle trottiner jusqu'à l'autel, se dresser sur la pointe des pieds et souffler sur tous les cierges, comme sur des bougies d'anniversaire. C'est leur faute si maman est morte. C'est la faute de Dieu et des prêtres. C'est la faute de tout le monde. Pardon, Pablo.

De temps en temps, le mercredi, j'emmène Angèle voir maman, à Montmartre, dans ce joli coin du cimetière où les gens se promènent quand il fait beau. Elle est contente, elle court parmi les tombes, elle joue à chat perché, à saute-mouton, pour elle c'est un chouette jardin, un jardin sans balançoire et sans bac à sable, sans petits amis, mais un jardin tout de même, et moi, de toute façon, par superstition, par lâcheté, je ne veux pas y aller seule.

Je la laisse sentir les fleurs, rassembler des cailloux, décider qu'ils sont le papa la maman le bébé l'amoureux, et les disposer, bien alignés, sur le marbre qui recouvre maman et qui, à force, est drôlement bien décoré : des maisons, des bonshommes, des arcs-en-ciel, des échafaudages (c'est pas des crabouillages, môman, c'est des échafaudages) et même les lettres de l'alphabet, c'est ici qu'elle les a apprises, en déchiffrant les épitaphes. Papa m'avait dit c'est toi qui décides, pas envie de m'occuper de ça non plus, alors j'étais allée choisir le parpaing, la stèle, le granit, sidérée par les prix, voulant ce qu'il y a de mieux, et de plus sobre, et en même temps à quoi bon, j'ai horreur des gens qui disent que la tombe est la dernière maison des gens, alors autant laisser Angèle s'y amuser, de toute façon c'est de la craie, c'est mieux que les chiures d'oiseaux, la mousse et la moisissure des tombes voisines, de toute façon maman est morte, Angèle est née et, entre elle et moi, entre elle et elle, entre nous trois, il y a cette dalle, ce marbre, il y a cette absence, et c'est si lourd, et autant que ce soit un peu joli.

Elle est morte mais elle est partout sur mes

murs, belle, jeune, ma chambre est devenue un mausolée, elle est encadrée dans le salon, elle est même au-dessus de l'évier, dans la salle de bains, le couloir, je ne la vois plus à force, elle est tellement là que je la vois sans la voir, c'est machinal, c'est distrait, c'est comme la balade au cimetière, alors de temps en temps je rajoute une photo, ou j'en déplace une autre, ça fait vivre le mausolée, ça le ranime, ça le rafraîchit, et c'est important car c'est ma seule façon, ces photos, de ne pas trop voir son dernier visage, sa bouche tordue dans sa dernière prière, ses yeux qu'on n'arrivait pas à fermer. À quatre ans, Angèle m'a demandé c'est qui, la dame, sur la photo ? C'est ma maman. Et comment elle s'appelle ? Alice. Et elle est oùùùù ? Elle est partie. Et elle m'a pas attendue ? Non, ma chérie, mon amour, non, elle ne t'a pas attendue… Malgré le cimetière, malgré les photos, malgré le chagrin, je n'avais pas vu venir la question, je ne m'étais pas préparée, je n'avais pas réfléchi, pas du tout, je ne savais pas quoi dire, je ne savais pas quoi penser non plus : c'est vrai, elle est où, ma maman ? et pourquoi elle n'a pas attendu ma fille ? Je t'expliquerai plus tard, j'ai dit. Là, je n'ai pas le temps. Je suis occupée tu vois. Ah bon tu es occupée et tu ne t'occupes pas de moi, et tu ne me dis pas où elle est ta maman ? Alors j'ai retenu mon souffle et, sans trembler, j'ai dit : elle est au ciel.

— Avec la lune, alors ?

— Oui, avec la lune, elle est devenue une étoile.

— Où ça ? montre !

– Là-haut, la plus brillante.

– Et elle a pas peur, dans le noir, dans la nuit ?

– Non, elle a plein de copines, regarde.

– C'est des autres mamans, les copines étoiles ?

– Oui.

– Toi aussi tu vas être une étoile ?

– Un jour.

– Demain ?

– Non, ma toute belle, non, pas demain. Dans très très très très très très très très très très très très très très très très très très très très très très très très très très longtemps.

– Mercredi ?

– Non, dans des millions de milliards de mercredis.

– Ça fait beaucoup.

– Oui, beaucoup beaucoup, mais bon, ça suffit maintenant, j'ai envie de faire pipi.

Et je suis allée pleurer en paix, enfermée à double tour.

Et si ce qui l'a tuée, c'était aussi tout ça ? Les métastases, bien sûr. La désinvolture du vilain docteur qui ne savait pas dire son nom, d'accord. Mais si c'était aussi de savoir qu'elle serait bientôt remplacée, qu'elle l'était déjà, si vite, allez, suivante, on n'arrête pas le progrès, ni, encore moins, le train de la vie ? Peut-être qu'il a fait ce qu'il a pu, méchant docteur Toubib. Je trouve qu'il aurait dû faire plus, et mieux, et répondre à ses appels, et à ses fax, puis à ses emails désespérés, apeurés, terrifiés, vers qui d'autre se tourner quand vous êtes en pleine rémission et que votre ventre se met à gonfler, gonfler, comme une outre ou un postiche ? Il aurait pu lui parler plus. Lui expliquer. Il aurait pu prendre le temps d'apprendre son nom, et de la traiter comme une vraie personne. On aurait peut-être gagné quelques semaines, quelques mois. Elle aurait attendu sa petite-fille. Elle l'aurait vue. Mais peut-être pas, dans le fond. Peut-être qu'elle pensait qu'elle devait mourir. Peut-être que c'est elle qui a choisi sa mort, comme on choisit un roman avant de partir en vacances, comme on choisit une destination de vacances, ou comme ça, pour rendre service, parce qu'elle pensait que c'était bien, que c'était dans l'ordre, qu'il fallait qu'elle meure pour me laisser être mère à mon tour. Et peut-être que j'ai été complice de ça, sans le savoir, sans le vouloir, tout ce trafic de la vie et de la mort, dans mon dos, dans le sien. Aujourd'hui que la colère est passée, et le scandale, et le toboggan des regrets, aujourd'hui qu'il ne reste plus que de la souffrance séchée, voilà ce que je me dis.

Justine Lévy
dans Le Livre de Poche

Rien de grave   n° 30406

Tu t'attendais à quoi ? je lui ai dit. Tu crois que ça va être facile de me quitter ? Tu crois que je vais te laisser faire comme ça ? J'ai lancé le cadre par terre, le verre s'est brisé mais comme c'était pas assez j'ai bondi du lit et j'ai déchiré la photo […]. Il a eu l'air triste, plus de la photo déchirée que du fait de me quitter. […] Je ne savais pas encore que c'était la meilleure chose qui puisse m'arriver, qu'il me quitte. Comment j'aurais pu le savoir ? Il était toute ma vie, sans lui je n'existais pas.

Composition réalisée par IGS-CP

Achevé d'imprimer en mai 2011 en Espagne par
BLACK PRINT CPI IBERICA, S.L.
Sant Andreu de la Barca (08740)
Dépôt légal 1re publication : février 2011
Édition 02– mai 2011
LIBRAIRIE GÉNÉRALE FRANÇAISE - 31, rue de Fleurus - 75278 Paris Cedex 06

31/3424/4